女王蜂・幻華

Joōbachi Genka

仲鋸 宇一
Nakanoko Uichi

文芸社

目次

女王蜂《じょおうばち》・幻華《げんか》

〈1〉

この日は、朝からついていなかった。

中野浩一《なかのこういち》は、龍ケ崎市駅5時57分の勝田行きに乗ろうとして、自宅を5時40分少し前に出たのである。

中野が早足で行けば、ギリギリ間に合うはずだった。

しかし、得てしてこういうときは、予定通り進まないものである。

国道のバイパスを渡ろうとしていたとき、同じように渡ろうとしていたお婆さんが、荷物を目の前でバラ撒いてしまい、それを拾ってあげるために、信号を一つ見送ることとなってしまった。

ただでさえギリギリでスタートしていたので、ここで信号を一つ見逃すことはとても痛かった。

そして次の旧国道でも、信号に捕まってしまったのである。

旧国道を渡った後は、殆ど駆け足で向かったのだが、間に合わなかった。龍ケ崎市駅前に着いたときには、既に下りのホームに57分発の電車が入線していた。

急いだつもりだったが、結果として中野は、勝田行きに乗れなかったのである。次の下り電車の発車時間は、6時41分の高萩行きだった。

中野は約40分も、龍ケ崎市駅で待たなければならなくなった。

何故、いつも車で行動している中野が、今日に限って電車なのかというと、朝出掛ける直前になって、愛車ジムニーのタイヤがパンクしていることに気が付いたからである。

パンクした理由には、当然の如く心当たりがあった。

昨日、つまり6月7日の日曜日、相棒のキンちゃんと久し振りに小貝川《こかいがわ》の土手まで遊びに行き、河原の荒れ道を走り回っていたためである。

いつもなら妻の亜門《あもん》も一緒にくるのだが、昨日はお腹の子供のために大事を取って留守番をしていた。

それ故に、中野とすれば久し振りに羽目を外して、ジムニーをワイルドに乗り回してしまったのである。

キンちゃんも喜んでいたので、つい調子に乗って走り回ってしまった。そして草の中を走り抜けるとき、嫌な音がしたことにも気付いていた。けれども、家に帰ってからタイヤを確認してみたが、その時は何も見つけられないでいた。

不安なまま翌朝目覚めてみると案の定、前輪右側のタイヤがパンクをしていたのである。

もちろん中野は、タイヤ交換ができないわけではないのだが、ジムニーのスペアタイヤはバックドアの中央に取り付けられているため、交換するのには普通の乗用車より、多少の時間が必要だった。

そのため、今朝一番で土浦駅まで向かうには、電車の方が早いと踏んだわけである。

しかし上手くいかないときは、こんなものである。

中野とすれば、家まで戻るにはこれまた時間が足りないので、このまま龍ケ崎市駅で次の電車を待つことにした。

JRのICカードであるスイカを使い駅構内に入ると、下りの電車が入線する

2・3番線ホームに降りていった。

中野は自動販売機で缶コーヒーを買うと、溜息をつきながら階段下に造り付けてあるベンチに腰を下ろした。

ベンチは5人掛けであり、背中合わせにして2列置かれていた。

つまり合計で10席である。

上りのホームである1番線ホームに背を向ける形で座った。

今日は6月8日の月曜日だった。

上りのホームには、東京方面に通勤する乗客が大勢並んでいて、電車に乗り遅れた自分が、何故だか恥ずかしく感じられた。

しかしそれは中野の被害妄想であり、上りのホームに並ぶ乗客たちは誰一人、中野のことを気にしてはいなかった。

缶コーヒーを開けて、半分ほど飲んだときである。

中野は、誰かから声を掛けられた。

振り向いてみると、そこに居たのは、20代前半ぐらいの若い女性だった。

長い髪を後ろで一つに縛り、化粧も殆どしていなかった。

まあまあの美人である。

黒のTシャツに濃紺のジーンズを穿き、白色の長袖シャツを上から羽織っていた。

派手さはないが、爽やかな感じのする女性だった。

女性は愛想良く微笑みながら言った。

「名探偵の中野浩一さんですよね。まさかお逢いできるとは、思いませんでした。いつもテレビや新聞で、ご活躍拝見しています。今日は、お仕事ですか？　朝早くから、お疲れ様でございます」

中野は、電車に乗り遅れたことを見透かされているようで、少し自嘲気味に、

「おはようございます。名探偵ではないですが、探偵をしています中野です。はい、これから仕事で土浦に向かいます」

と、だけ答えておいた。

するとその女性は、微笑んだまま会釈をして、中野と同じベンチの一番左端に座った。

中野も笑顔で会釈を返して、残りの缶コーヒーを飲み干した。

飲み干した缶を自動販売機の横にある空き缶入れに捨てにいき、再び同じ席に戻ってきたときだった。

一番左端に腰を下ろしていた先程の女性が、急に苦しそうにもがき始めたのである。

中野は慌てて、女性に駆け寄り声を掛けた。

「大丈夫ですか！　どうされました？」

見ると女性は額に大粒の脂汗を浮かべて、とても苦しんでいる。

そして中野を見つめながら、切れ切れの言葉で、喘ぐように洩らしたのである。

「蜂が……蜂に刺されました……」

中野は辺りを見回したが、蜂の姿はどこにも見えなかった。

既に、飛び去ってしまったのか？

中野は女性が、アナフィラキシーショック※を起こしていることが、直ぐに理解できた。

だから中野は自分の携帯電話を取り出すと、何一つ迷わずに119番に連絡をした。

そして女性が蜂に刺されて、アナフィラキシーショックを起こしていることを告げた。

女性は一刻を争う状態であり、直ぐにエピペンを、つまりアドレナリン注射が必要であることも付け加えたのである。

それは緊急センターからすれば、お節介のようにも聞こえるだろうが、中野からすれば女性を助けたい一心から出た言葉だった。

そして中野は女性を軽々と抱きかかえると、駅の2階にある事務室まで運んだ。

救急車は、龍ケ崎市駅に直ぐに到着した。

女性は中野の迅速な行動のお陰で、一命を取り留めることができたのである。

中野は女性が助かったことを知ると、6時41分の高萩行きに乗り、そのまま土浦駅へと向かって行った。

そしてこの出逢いこそが、今回の事件である『女王蜂』の、プロローグだったのである。

※アナフィラキシーショックとは、極めて短い時間の内に、全身にアレルギー症状が出る反応のことをいう。急激な血圧の低下、意識障害を起こし、場合によっては死亡することもある。主な原因は、蜂毒以外では、食物アレルギーや薬物中毒により、起こることもある。蜂毒の場合、心肺停止までに掛かる平均時間は約15分といわれている。日本では年間20人から25人ぐらいが、蜂毒により亡くなっている。

〈2〉

中野浩一（33歳）は、茨城県取手市の自宅で私立探偵を営んでいる。

今ではその活躍が世間からも認められるようになり、マスコミの間では〝リアル・シャーロック・ホームズ〟とさえ呼ばれていた。

身長178㎝、体重73㎏、中肉中背の、まあまあいい男である。

妻帯者であり、妻の名前は亜門（23歳）という。

お腹には、中野の子供を宿している。

同居人としては、土佐犬のキンちゃんが一緒に住んでいた。

キンちゃんは、中野が探偵を始めた頃からの相棒である。

史上最強の生き物ともいわれている土佐犬なのだが、とても頭がよく優しい性格だった。

しかもキンちゃんは、かつて闘犬の世界で無敗を誇った横綱だった。

そんな龍ケ崎市駅の出来事から1週間が過ぎた6月15日の月曜日のことである。

一昨日《おととい》の土曜日から、妻の亜門と土佐犬のキンちゃんは、亜門の実家である平《たいら》家《け》に帰っていた。

中野は仕事の関係で、一人自宅で事件の捜査資料を纏《まと》めていた。

応接間に置いてある客用の長椅子に座り、テーブルの上にはいつもの大学ノートとパソコンを開いている。

朝の10時を過ぎたところで、休憩を取るためにキッチンへと向かい、コーヒーを淹《い》れて戻ってきた。

テーブルの隅にコーヒーカップを置き、パソコンをあらためて見つめていたときである。

視界の中に、見慣れぬ車がゆっくりと駐車場へ入ってきたのを捉えた。

その車は、淡いブルーのホンダシビックだった。

運転席から若い女性が降りてきて、玄関横に備え付けてあるインターホンを鳴らした。

中野は急いでテーブルの上の物を一纏《まと》めにすると、玄関へと向かった。

今日は、来客の予定は入っていなかった。
心の中で、誰だろうかと考えながら、玄関まで来ると、
「はい、どちら様でしょうか？」
扉を開けずに、そう尋ねてみた。
中野の家の玄関は、一般的なドアではなく、引き戸式の扉だった。
扉には格子が組んであり、磨《す》りガラスが嵌《は》め込まれている。
だから、扉の向こう側にいる来客者のシルエットが何となく透けて見えていた。
だがそれは、中野には見覚えのないシルエットだった。
若い女性の声が返ってきた。
「オウメと申します。中野浩一さんにお礼を申し上げたく、お伺いいたしました」
その声にも聞き覚えはなく、オウメという名字にも、覚えがなかったのである。
但し、危険な臭いはしなかった。
だから、扉を開けてみることにした。
「はい、今、開けますので、少々お待ちください」
下駄を履くと玄関に降り、扉の鍵を外した。
そしてゆっくりと、扉を開けてみた。

そこには想像した通り、若い女性が笑顔で立っていた。

左手には紙袋を一つ持ち、右肩からは小振りのバッグを提げていた。

女性の顔を見ても、中野は彼女が誰であるのか、思い出せないでいた。

だから警戒気味にぎこちなく笑いながら尋ねた。

「はい、僕が中野浩一です。どのようなご用件でしょうか？」

するとその女性は、少しだけがっかりとした表情になり言った。

「中野さん、私を覚えていないようですね。私です……先週の月曜日、龍ケ崎市駅で蜂に刺されて、アナフィラキシーショックを起こした私を、救って頂いた……。オウメ・ホウカと申します。今日は、そのお礼も兼ねて伺いました」

中野は、そこで全てを思い出したのである。

「あぁ、あのときの女性でしたか。失礼いたしました。僕もあのときは電車に乗り遅れてしまい、焦っていましたので、周りのことがよく見えていなかったものですから……。そうですか、その後お身体は、大丈夫でしょうか？　わざわざお礼など宜しかったのに……。でも、せっかくおいでくださったのですから、どうぞ中へお上がりください」

そう言い訳しながら、中野は来客用のスリッパを出して、オウメ・ホウカと名乗る女性を、応接間に招き入れた。

オウメ・ホウカと名乗る若い女性は、先程まで中野が座っていた長椅子に、そっと腰を下ろした。

中野はキッチンへと向かい、来客用のコーヒーカップにコーヒーを注ぎ、女性の前に置いた。

「オウメさんは、コーヒーにミルクと砂糖は入れますか？」

と、笑顔で聞くと、女性は微笑み、

「はい、できれば両方ともお願いいたします」

中野は頷くと、直ぐにキッチンへと向かい、砂糖とミルク、それにスプーンを持ってきて、女性に手渡した。

するとと女性は紙袋を差し出しながら、

「これつまらないものですが、どうぞお納めください。牛久《うしく》で有名なクッキーの詰め合わせです。その節はご面倒をお掛けいたしまして、申し訳ございませんでした。お陰様でこうして、無事に生きております。本当に、ありがとうございました」

と、丁寧に挨拶をしてくれた。

中野は紙袋を受け取りながらも、いつもの癖でオウメ・ホウカと名乗る女性を観察していた。

もちろん本人には気付かれないように、女性の上から下までを、何気なく見定めていた訳である。

その若い女性は先日会ったときよりは、いくらか化粧もしていて、白地に黄色の花柄の入ったワンピースを着ていた。

そして先日会ったときとは、髪型も変えている。

先日は後ろで一つに纏めていただけだったが、今日は肩まである髪の毛を解き、額に掛かる左右の毛先を、軽くカールさせていた。

最初に逢ったときの姿と、ここまで着る服や髪型が変わっていたなら、いくら観察眼に優れた中野でも、まさか同一人物とは思わないだろう。

「わざわざ、こうしてお菓子まで頂き、かえって申し訳ございません。妻はクッキー類がとても好きなので喜びます。遠慮なく頂きます」

中野は恐縮しながら菓子の包みを受け取った。

「失礼ですがオウメさんとは、漢字で書くと、青い梅の青梅《おうめ》で宜しいのでしょうか？」

そう尋ねると、女性は少しだけ困った表情を見せながら、

「いいえ……皆さん、必ずそのように思われるのですが、私の家のオウメとは、蜂《はち》王《おう》女様の王女と書いてオウメと読むのです。そして私の名前のホウカですが、蜜《みつ》の蜂の字と、難しい華《はな》の字を書いて蜂華《ほうか》と読みます。ですから私の名前は、王女《め》蜂華《ほうか》と申します。宜しくお願いいたします」

中野は、その名前を聞いてとても驚いていた。

王女と書いて、オウメと読むとは……そして名前が蜂華であるならば、この女性はまさしく女王蜂そのものではないのかと。

それなのに蜂に刺されて死線を彷徨うとは、少し皮肉だな……と感じた。

そして先程、蜂華が挨拶をしたとき、『今日は、そのお礼も兼ねて伺いました』と言ったのだから、お礼以外にも自分に何か依頼したいことがあるのだろうとも考えていた。

「そうですか、王女蜂華さんというのですか。素敵なお名前であり、とても珍しい名字なので驚きました。あらためまして、僕が中野浩一です。こちらこそ、宜しくお願いいたします」

蜂華の目を見つめながら挨拶した中野は、〝リアル・シャーロック・ホームズ〟

の名に恥じぬ、得意の観察眼を披露してみせた。

「ところで蜂華さんは、もしかしたら病院関係にお勤めしているのではないでしょうか。今朝は夜勤明けですかね。夜勤明けで、そのまま直接こちらへ来られたようですね。若干左足を痛めているようですが、大丈夫でしょうか？　それとこれは余計なことかも知れませんが、朝食もまだ食べていないようですね。もし宜しかったら、サンドイッチでもお召し上がりになりませんか？　手作りの卵サンドですけど、とても美味しいですよ。そして蜂華さんは、僕にお礼だけではなく、何か事件の依頼もあって、ここへいらしたのですよね」

矢継ぎ早にそう話すと、中野は再びキッチンに向かい、ラップで包まれた卵サンドを持ってきて、手渡したのである。

卵サンドを見つめながら、頭を掻き、

「僕の朝ご飯の残りですが、見た目はあまり良くないですけど、味は保証します。どうぞ遠慮なさらずに、お召し上がりください」

そう言って勧めた。

蜂華は、驚いて口が開いたままだった。

けれどもようやく生唾を呑み込むと、やっと言葉を発した。

「噂に違わぬ、中野さんの鋭い眼力ですこと……。どれもこれも、みんな当たっています。ですからここは遠慮せずに、サンドイッチを頂きます。正直言って、さっきからお腹が空いて、困っていたところなんです」

蜂華はそう話すと、ラップを外して2切れのサンドイッチをペロッと食べてしまった。

そして少し恥ずかしそうに身を捩《よじ》りながら、

「ご馳走様でした。とても美味しかったです。これで落ち着いて、中野さんにお話を聞いてもらえそうです。ですけど、先程の私が病院関係者であり、夜勤明けだいうことが、どうしてわかったのでしょうか？　それと私が、事件の依頼をお願いにきたことまで、何故わかったのでしょう？　まるで魔法のように、不思議に感じます。まず初めにその謎解きを説明してください。お願いいたします」

そう問い掛けると、コーヒーを美味しそうに一口飲んで微笑んだのである。

中野は、いつもの大学ノートをテーブルの上に広げた。

鉛筆を手にして、真っ白なページの上に今日の日付、6月15日と書き込み、その右横に依頼者、王女蜂華と書き記していた。

それが済むと、蜂華を見ながら説明を始めた。

「僕が気付いたことは、それ程難しいことではありませんでした。まず先日お逢いしたときの蜂華さんとは、着ている物も、お化粧の仕方も、だいぶ違っていました。ですから言い訳がましく聞こえますが、今日、最初に蜂華さんを見たとき、気が付かなかったのです。しかし、先日お逢いした女性だと聞いたときから、何がどう違うのか、僕はあらためて蜂華さんをよく見て、考えてみました。その結果、先程話した事柄がわかった次第です。

病院関係者だとわかったのは、その手の爪と、蜂華さんの香りです。爪は短く綺麗に切り揃えられていて、薄っすらと香る石鹸の香りの中に、消毒液の匂いがあることに気が付きました。そして背筋が伸びた姿勢の良さ、テキパキとした言葉遣い、その辺りも含めて、病院関係者かなと思ったのです。それと少しだけ、目の下に隈ができていて、疲れ気味に見えたものですから、病院関係者であるのなら、夜勤明けであろうと考えた訳です。

左足については、玄関から上がるときに、少しだけ顔を歪めていましたよね。それとお腹が空いていると気が付いたのは、玄関からこの部屋まで来る途中と、長椅子に座られたとき、微かにお腹が鳴る音が聞こえたものですから……すみません。ここまでは、説明する必要はなかったですよね。

そして事件の依頼であろうと思ったのは、もしお礼だけならば、夜勤が明けてからちゃんと朝食を取り、それからでもいいはずです。ですが蜂華さんは、何らかの理由で夜勤が長引いてしまい、焦っていたからこそ、朝食も取らずにここまで一目散にやって来た。

ですが朝食よりも優先したことが一つだけありました。それはお化粧です。先日のように偶然出逢うのではなく、今回は正式に逢うためだからです。それと何よりも、最初に挨拶をされたとき、『今日は、そのお礼も兼ねて伺いました』と、おっしゃいましたよね。もしお礼の挨拶だけならば、『今日は、そのお礼に伺いました』としか言わないと思います。

ここまで考えれば、事件の依頼も兼ねているのだろうなと、予測できた訳です。こんな感じでいいでしょうか、蜂華さん」

蜂華は黙って聞いていた。

そして少し考えると、ニコリとした。

「そう考えれば、確かにその答えになるだろうと思います。私は最初に、自分でそのように挨拶したことも、すっかり忘れていました。中野さんの洞察力及び推理力には、感服いたしますわ。名探偵といわれる所以《ゆえん》も、よくわかりました。ご説明、どうもありがとうございました」

　何故か意味深にそう言ったのである。

　中野は、その言葉の裏にあるものを探ってみたが、この時点ではわからなかった。

　普通の受け答えであるならば、大概はまず初めに驚くはずである。

　別にそれを期待して説明したわけではないのだが、その言い回しがどうも腑に落ちなかった。

　蜂華の最初の答えでは、病院関係者であり、事件依頼に来たことまでは、正しいと認めていたはずである。

　それなのに彼女は、『そう考えれば、確かにその答えになるだろうと思います』と言った。

　つまり別の考え方であれば、その他にも別の答えがあるということなのか？

　中野の心中では研ぎ澄まされた第六感が、警鐘《けいしょう》とまではいかないまでも、『王女蜂華には注意せよ！』と告げている。

　一歩下がった立場から、蜂華に接することを決めた。

　しかし、それを悟られないようにしながら、笑顔を見せて切り出した。

「それでは落ち着いたところで、蜂華さんの依頼について、話を聞かせてくださ
い。僕以外に聞いている者もいませんし、秘密事項は必ず守りますので、なるべ
く包み隠さずお話しください。
たとえそれが事件と関係ないと思われる事柄でも、同じ時系列で起きた出来事
であれば、それについても話してください。関係があるかないかは、僕の方で判
断いたします。宜しくお願いします」
蜂華は中野の言葉に頷きながら、何故だか笑っていた。
ここの表現は難しいのだが、女性特有の微笑みとは違い、あくまで〝笑ってい
た〟が一番近い気がした。
それはつまり、中野を馬鹿にした笑いにも感じられたからである。
すると蜂華は視線をずらして、部屋の中をキョロキョロと見回しながら。
「中野さん、気を悪くしないでください。この部屋に、盗聴器など仕掛けられて
はいないですよね」
と、聞いてきた。
中野も冷静な表情に変わると、
「はい、その心配はいりません。一昨日までは、僕の相棒であるキンちゃんが居

ましたから、もし盗聴器などが仕掛けられていたとしたら、直ぐにキンちゃんが気付くはずです。ああっ、そうですよね、キンちゃんとは、僕の相棒である土佐犬の名前です。

犬の聴力は、人間の4～10倍、ときには16倍もあるといわれています。ですから心配なさらずに、何でも話してくださって大丈夫です」

すると蜂華は、今度はいきなり視線を合わせてきた。

そして小声だけれども、ハッキリと聞こえるように、こう言った。

「私……命を狙われているようなんです」

中野は、表情を変えずに、

「それは随分と物騒なお話ですね。でも蜂華さんは、何故命を狙われなければならないのでしょうか？　そして誰が蜂華さんの命を狙っているのでしょう？その心当たりも、あるのでしょうか？」

蜂華は真っ直ぐに中野を見つめて、ゆっくりと頷いたのである。

その瞳は決して濁ってなどなく、嘘をついているようには見えなかった。

中野が続けた。

「そうですか。では何故、蜂華さんは警察に相談に行くのではなく、僕のところへ来たのでしょう。ご自分で確証があるのならば、素人の探偵より、警察の方が数倍頼りになると僕は思いますけど……」

　蜂華は哀しげに首を左右に振った。

「警察は嫌いだし、私が相談に行っても、信じてもらえないと思います。だって……まだ何も起きてはいませんでしょう。私が勝手にそう思っているだけだと言われてしまうのがおちですわ」

　中野は黙って蜂華を見つめた。次の言葉を待っていた。

「中野さん、信じられないでしょうけど、私、王女蜂華は、牛久市にある相田総合病院の経営者でもあり理事長でもある、相田宗介《あいだそうすけ》（64歳）の一人娘なのです。相田宗介と血の繋がりがあるのは、私しかおりません。

　もちろん名字が違いますから疑うのはわかりますが、私の母、王女沙耶華《おうめさやか》は相田宗介の愛人でした。その母も、去年病気で亡くなりました。そしてこれは誰にも話しておりませんが、相田宗介は私が自分の子供であることを、認知してくれています。

　私は、父、相田宗介の口添えもあり、相田総合病院で働けているのです。父には、正式な奥さんもいますが、２人の間に子供はいません。ですから私が唯一の後継者に当たるのです。私と母、そして父以外は、そのことについて誰も知りませんでした。ですが1ヶ月ほど前、私宛に脅迫状が届いたのです。最初は誰かの悪戯《いたずら》だろうと思い気にも留めていなかったのですが、1週間前にも再び脅迫状が届きました」

蜂華の眼は、真剣そのものだった。

そこまで聞いたとき、中野は基本的なことを質問した。

それは、だいぶ興奮しだした蜂華の気持ちを落ち着かせる意味合いもあったようである。

いつもの大学ノートに鉛筆で、王女蜂華は相田宗介の実子と書き加えてから、

「蜂華さんは、相田宗介さんの実子である訳ですね。そうしますと、少し話が違ってきます。もう少し蜂華さん個人のことを、詳しく教えてください。

まず最初に、蜂華さんの生年月日を教えてください。そして今は、どちらにお住まいでしょうか。できれば住所も教えてください。もし同居人がいるのなら、その人の名前も教えてください。それとその脅迫状を今お持ちなら、僕にも見せて欲しいのです」

蜂華は乗り出していた身体を長椅子の背もたれに戻すと、冷めかけたコーヒー

を一口飲んだ。

「私、王女蜂華は、平成8年8月8日生まれです。今年の誕生日が来れば、24歳になります。8が三つ揃った日に私が生まれたからハチミッツ、つまり蜂蜜。それに華を添えて、蜂華《ほうか》と父が名付けてくれたそうです。殆ど言葉遊びのような、名付け方ですよね。それは母から教えてもらいました。でも私は、とても気に入っております。

今は一人で、牛久市田宮町にあるマンションの5階に住んでいます。マンションは、父が母に宛《あて》がってくれたものです。そこから相田総合病院まで、車で通っています」

中野は、それらのことも全て大学ノートに書き込んでいった。

蜂華は小振りのバッグから1枚の葉書を取り出し、それを中野に手渡しながら、

「1度目に届いた脅迫状は、破いて捨ててしまいました。でも内容は、覚えています」

最初に届いた葉書には、こう書かれていたという。

『お前に遺産をもらう権利などない。

お前はあくまでも、妾《めかけ》の子供だ。

全てを放棄しろ！』


中野はそれをノートに書き込むと、2度目に届いた葉書を受け取り、調べ始めた。

「この葉書は、牛久郵便局の消印が押してあります。投函された日にちは、6月1日のようです。宛名は、パソコンで印字されていますね」

そう言葉にすると、葉書を裏返した。

葉書の裏には、

『人間誰しも、身分相応の生き方がある。

それがわからない者は、この世から消えていくだけだ。

これは最後の忠告だ』

と、宛名と同じように、パソコンで印字されていた。

中野は、その文もノートに書き写すと、

「確かに、文面からみますと、脅迫状に見えます。でも、このような葉書がくるような出来事が、最近起きたということでしょうか。いきなりこのような葉書が届くとは、おかしなものですからね」

蜂華は少し迷う素振りを見せたが、

「中野さんに、相談に来たのですから、話しておいた方がいいですよね。はい、実を言うとあったのです。先月の5月12日、父である相田宗介の誕生日に、顧問弁護士立ち会いのもと親戚一同が集められ、遺言状の下書きが発表されたのです。その下書きに異議のある者は、6月30日の火曜日までに父と弁護士に、申し立てをするように言われました。

その時初めて、私、王女蜂華が実子であることが親戚一同に発表されたのです。遺言状の下書きの内容は、相田総合病院の運営権利全般を私に半分譲り、残りの半分は父の甥と姪に当たる3人に分割して譲るというものでした。父、相田宗介には2人の弟がおり、次男が相田祐介《ゆうすけ》さん61歳、三男が相田啓介《けいすけ》さん57歳です。次男の相田祐介さんには、2人のお子さんがいて、長男が祐一《ゆういち》さん35歳、次男が祐司郎《ゆうじろう》さん32歳です。三男の相田啓介さんには息子さんはなく、長女が一人いて、啓子《けいこ》さん28歳です。父は、未来を担《にな》うためと申して、それぞれの子供たちに譲渡するつもりだと発表したのです。

私は、父からは何も聞いていなかったのでとても驚きました。ですが親戚一同は、私以上の驚きだったようです。それも当たり前だと思います。いきなり自分には隠し子が居て、遺産の相続の半分を譲ると告げたわけですから……。でもそのために、私の立場が危うくなりました。席上では父に対して親戚一同から『そんな馬鹿な話があるか！』と、罵声が飛び交いました。私は、その席に居ることがとても辛かったです。私自身も親戚一同から、白い目で見られた上、口々に『妾の子供の分際で、何しに来た。財産だけ受け取りに来たというのか！』と、私にも聞こえるように、悪態をつかれたのです。

そして最後は親戚一同から、『必ず申し立てをするつもりだ。それまでこの遺言状は、保留にしてもらいたい！』と怒鳴られ、会合はお開きとなりました。その会合の後に、このような脅迫状が届いたのです」

蜂華はそう辛そうに話した。

もちろん蜂華の話す内容が全て本当ならば、動機もハッキリとしているし、脅迫に間違いないように思える。

「蜂華さんは、誰から脅迫状が送られてきたと考えているのでしょうか？　それについても心当たりがあるのですよね？……」

「私を一番に罵倒したのが、相田祐司郎さんでした。それに言葉を重ねてきたのが、相田啓子さんです。この2人の発言をニヤニヤと嫌らしい目付きで聞いていたのが、相田祐一さんでした。ですからその3人の内の誰かが、脅迫状を送った気がするのです。でも証拠などは、何もありません……」

蜂華の話は、もっともである。

もし蜂華がこの世から居なくなれば、その3人の相続分が増えるからである。

しかし中野は何となくだが、蜂華の全ては信用できない気がしていた。

もちろん王女蜂華は、黒神家の長女、黒神瑠璃《くろがみるり》（23歳）とは違う。

黒神瑠璃とは、この世の全てをその手に入れようとし、表向きは茨城県で人形浄瑠璃を継承している、絶世の美女のことである。

名探偵中野浩一の天敵であり、中野がこの世の中で唯一恐れている女性だった。

黒神瑠璃は全てが闇であり、心の中まで真っ黒である。

しかし王女蜂華に感じられる闇は、少し違っていた。

蜂華には、真っ白なキャンバスの上に垂らした、一滴の墨汁のような黒い染みが、見えているだけだった。

その黒い染みが大きく広がるのか、それとも掠《かす》れて消えてしまうのか、それも現時点ではわからなかった。

ただ、普通の女性には感じられない、黒い闇が見え隠れしていたのである。

ここは取り敢えず彼女の依頼を受けておいて、一から調べる必要があると中野は思った。

「そうですか……相田祐一さん、祐司郎さん、啓子さんの3人ですね。この3人も、相田総合病院に勤務されているのでしょうか？」

「はい。私はただの看護師ですが、祐一さんは外科医であり、祐司郎さんは内科医です。2人とも相田総合病院の理事にも名前を連ねています。啓子さんは私と同じ看護師ですが、役職は看護師長です。ですから今は、勤務するのがとてもやりづらいのです」

そうこぼすと、蜂華は下を向いた。

中野は探るように蜂華を見つめながら、

「わかりました。蜂華さんからの捜査依頼、お受けいたします。つきましては、蜂華さんの連絡先、スマホとか携帯の電話番号で結構ですから教えてください。僕の携帯番号は、この名刺の通りです」

そう言って、名刺を手渡した。

「ありがとうございます。中野さんが、味方になってくだされば、私も心強いです。私のスマホの番号は、今、中野さんの携帯に着信を入れます」

蜂華は、スマホを取り出すと、中野の携帯へ電話した。

中野の携帯電話から着信音が聞こえると、直ぐに電話を切った。

その時だった！

急に別の着信音が、鳴り出したのである。

それは中野の携帯電話ではなく、蜂華のスマホが電話の着信を告げていた。

蜂華は困った顔をしたが、中野が一言、

「どうぞ電話を取ってもらっても、構いませんよ」

そう言ったので、蜂華は、

「すみません。相田総合病院からのようです」

と頭を下げながら電話を取った。

「はい、王女です。あっ山下さんですか、何か急用ですか？」

すると相手の言葉を聞いて、見る見る蜂華の顔が紅潮してきたのである。

「なんですって！……祐司郎さんが、常磐自動車道で事故を起こしたのですか?!

それで……えっ、亡くなったのですか⁉……わ、わかりました。これから直ぐに、病院へ戻ります！」

それだけ話すと、電話を切り中野を見た。

「中野さん、状況が変わりました。私を罵倒した相田祐司郎さんが、亡くなったそうです。常磐自動車道で運転を誤り、ガードレールに衝突したというのです。申し訳ございませんが、私、直ぐに病院へ戻ります。またあらためてお伺いいたします」

中野は、この展開にも冷静に質問をした。

「そうですか、それは大変なことになりましたね。ですが、戻られる前に一つだけ教えてください。相田祐司郎さんは、何故、今頃の時間に常磐自動車道を走っていたのでしょう？　普通に考えれば、相田病院に勤めているはずの時間ですよね。今日はお休みだったのでしょうか？」

蜂華は、首を左右に振った。

「いいえ、今日は水戸で病院関係の会議があり、それに向かっていたはずです」

中野は少し考えると、

「そうなのですか。そうしますと、相田祐司郎さんが会議のために水戸へ向かうことは、病院関係者ならば皆さんご存知だったのでしょうか?」

蜂華は、質問の意図がわからないようで、少しだけ変な顔をしながら、

「はい、内科の関係者ならば、全員知っていると思います」

「蜂華さんも、内科の看護師さんなのですよね」

「いいえ、私は外科に勤務しています」

「そうですか。急いでいるところを引き留めて、すみませんでした。何かありましたら、僕にも知らせてください。僕も2〜3日調べてから、蜂華さんにご連絡いたします」

蜂華は頭をチョコンと下げると、小振りのバッグを手にして、急ぐように部屋から出て行った。

残った中野は、天井を見上げたまま眉間に皺を寄せた。

そして独り言を呟いたのである。

「女王蜂……ここに降臨かも知れない……」

〈3〉

翌日6月16日の火曜日、朝の9時半を過ぎていた。

中野浩一は、取手警察署の捜査課を訪ねていた。

もちろん訪ねた相手は、捜査課長の須崎真《すざきまこと》警視である。

須崎真という漢《おとこ》について、少しだけここで説明しておこう。

年齢は43歳であり、身長は185㎝、体重100kgの堂々とした体格である。

髪の毛は短く切り揃えて七三に分け、ヘアワックスでガッチリと固めている。

少し緩めのスーツを着たその姿は、他を威圧するオーラを放っていた。

「茨城県警の最終兵器」「須崎の通った後に、悪の華は咲かない」そう言わしめるほどの漢だった。

ちなみに須崎真の座右の銘は一言『正義』である。

2階にある会議室で待っていると、須崎が来てくれた。

「おおっと中野ちゃん。久し振りだな、おはよう！　どうだ、相変わらず事件を追いかけているか？　それとも事件に、追い回されているんじゃないだろうな」

と、笑顔で挨拶をしてくれた。

中野は苦笑いをしながら、お辞儀をすると、

「おはようございます。はい……そうですね、最近は事件に追いかけられている気がします」

須崎は、いつものようにニヤリと笑うと、

「私立探偵のいいところは、俺たちのような役所勤めの奉公人と違って、自分勝手に仕事を選べるところにあるんだぞ。つまりだ、やりたくない仕事は断ればいい。それだけだ……。それができるのが私立探偵のいいところだろうが。何でもかんでも、引き受けていたら、身が持たなくなるぞ。まあ、俺の頼む仕事だけは、断ってもらっちゃ困るがな！」

そう言うと、ガハハハと大笑いをした。

そして急に真面目な表情に変わり、中野を見つめると、

「それで、どうしたんだ中野ちゃん。今日は何かを知りたくて、俺のところへ来たのだろう？　しかし中野ちゃんが興味を抱くような事件など、最近この茨城県

では、何も起きてはいないと思うのだがな。どの事件についての、何が知りたいんだ?」

　中野は申し訳なさそうに、頭を掻きながら、

「はい、昨日の朝9時過ぎのことですが、常磐自動車道において相田総合病院の内科医である相田祐司郎さんが事故を起こして亡くなりました。その事故についての、詳細を伺いたいのです。須崎課長はご存知でしょうか?……」

「いや、いや、いや、俺も交通事故までは、いちいち気にしておらんよ。そこまでは面倒みてられないからな。それは交通捜査課の仕事だしな。何か、納得できないことでもあるというのか?」

「いえ、そうではないんです。逆に僕の方から、何か通常の事故とは違う、何かがなかったのか、それを教えて頂きたいのです」

「うん?……そういうことか。それなら交通捜査課の山城を呼んでやろう。ちょっと待っていろ!」

　須崎はそう話すと、会議室を出て行ったのである。

　しばらく待つと、40歳ぐらいの男性と須崎が2人で戻って来た。

　その男性が交通捜査課の山城警部補だった。

山城は警察官の制服をきちんと着用し、右手には分厚い青色のファイルを持っていた。

中野はその場で立ち上がり、山城に対して頭を下げた。

「すみません、山城警部補。お忙しいところ、無理をお願いしまして」

山城は笑顔を見せて、中野の前に座った。

「中野さんの噂は、捜査課の人間から耳にたこができるぐらい聞かされていますよ。そんな中野さんが、昨日の交通事故について知りたいのですね。ええとですね、資料によりますと、常磐自動車道の下り車線、場所は千代田石岡インターチェンジの先、時間は6月15日午前8時59分、車はトヨタの白いレクサスです。亡くなったのは、相田総合病院の理事でもあり、内科医の相田祐司郎32歳、もちろん男性です。そして相田総合病院の実質的な経営者でもあり、理事長でもある相田宗介64歳の甥に当たります。

事故は自損事故でした。かなりのスピードを出したまま、追い越し車線を走り、中央分離帯に激突した。スピードの出し過ぎによるハンドルの操作ミスが原因のようです。その弾みで走行車線まで飛ばされて、脇にあるガードレールにぶつかり止まった。救急隊が駆けつけたときには既に意識がなく、病院に着く前に亡くなった模様です。死亡時刻は同日、午前9時42分となっています。ファイルには、このように記載されていますね。以上が、昨日の事故の概要です」

山城は持ってきたファイルを、中野の目の前に開いたまま、読んで聞かせた。

つまりそこに書かれていることが全てであり、隠しごとはなかった。

しかし中野は、そのような当たり前のことではなく、通常と違う別の何かを知りたかったのである。

「ありがとうございました。ですが山城警部補、もちろんスピードの出し過ぎによる自損事故なのでしょうが、その直接的な原因は、わかっているのでしょうか？例えばですね……相田祐司郎さんが酒気帯び運転をしていたとか、もしくは何らかの薬を服用していたとか。そういう事故に繋がる、根本的なことがあれば教えて欲しいのです」

中野は丁寧な口調で、もう一度訊いてみた。

すると山城が、横に座って聞いていた須崎と意味ありげに目くばせを交わしたのである。

須崎が山城に向かって、

「いいんじゃないか、中野ちゃんに話すのならばな。まだ、捜査上の事項だろうが、中野ちゃんが他言することはあるまいて。それは俺が保証しよう」

山城は須崎を見て頷くと、その顔からは笑みが消えていた。

「須崎課長の了承が得られたので、中野さんにはお話しいたしますが、実を言いますと一つだけ通常とは違う物が、事故を起こした車両から見つかったのです。それはオオスズメバチの死骸です。後部座席の足下に、1匹だけですが落ちていました。もちろんメスのオオスズメバチです。相田祐司郎はスピードを出したまま、常磐自動車道を走行中、車内に入り込んでいたオオスズメバチに刺されてしまった。そしてアナフィラキシーショックを起こし、パニック状態になり、事故を起こしたものと考えられます」

それを聞いた中野の顔は、青ざめていた。

中野は生唾を呑み込みながら、今度は須崎に問い掛けた。

「須崎課長、これは事故でしょうか？　それとも……犯罪でしょうか？」

須崎は苦笑いをしながら中野を見ると、

「中野ちゃんよ、何でもかんでも犯罪に結びつけたいようだが、これはどう考えてみても無理な話だろうよ。オオスズメバチを誰かが意図して車内に入れたとしたなら、車に乗ったとき相田祐司郎も直ぐに気が付くだろうからな。

ましてやオオスズメバチほど巨大な蜂ならば、乗る前からわかるだろうよ。オオスズメバチの羽音はだな、バチッ、バチッと、こう何かを叩くような音を出すんだよ。特に相手を刺そうとしているときの威嚇音は、物凄い音だからな。

相田祐司郎は、牛久市の相田総合病院から車に乗り、つくば牛久インターチェンジから常磐自動車道に乗ったんだ。それはETCにも、ちゃんと記録が残されている。その後、相田祐司郎は、事故を起こす手前にある千代田パーキングに寄った。そしてコンビニでコーヒーを買い、再び走り出したんだ。千代田パーキングのコンビニからも、裏は取れている。

つまりその千代田パーキングで、車を乗り降りしたとき、偶然にオオスズメバチが車内に紛れ込んだものと思われる。それならば、全ての辻褄が合うからな。相田祐司郎がパーキングのコンビニの店員は車種のレクサスがお気に入りのようで、相田祐司郎がパーキングに入ってきたときから、気にして見ていたらしい。相田祐司郎ははじめから一人で居たし、車の乗り降りをするときも、そばには誰一人居なかったとも証言している。そしてその店員は、千代田パーキングには、時々、オオスズメバチが飛んでくることもあると話してくれた。

それらを総合的に考えると、相田祐司郎がレクサスに乗り込もうとしたとき、偶然にもオオスズメバチが一緒に入り込んでしまった。その後、走り出すと直ぐに、オオスズメバチが暴れ出し、相田祐司郎を刺した。その結果、痛ましい事故が起きた。我々警察組織は、そう考えている。

どうだ中野ちゃん、ここまで聞いても、まだ犯罪と結びつけたいのか？」

中野は下を向いて聞いていたが、勢いよく顔を上げると須崎を見た。

そして突拍子もない考え方を、語り出したのである。

それは中野がいつも事件を解決するとき、理詰めで話すことを知っている須崎からすれば、あまりにも意外な問い掛けだった。

「須崎課長、それでももですね、もしもですよ……もしも女王蜂が、そのオオスズメバチにですね、千代田パーキングを過ぎてから動き出すように……いや、いくらなんでも、それは無理か……でも、車が動き出してから30分ぐらい過ぎたとき、相田祐司郎さんを刺すように指示していたとしたらどうでしょうか？　それならば、可能ではないでしょうか？……」

須崎は首を左右に振って笑った。

須崎の隣に座る山城でさえ、呆れて笑っていた。

しかし中野は、真剣そのものだった。

今、話した自分の意見に、自信を持ち頷いていた。

須崎は、戯《おど》けながら
「まあその女王蜂が、人間の言葉を理解できて、更に働き蜂にその意味を伝えられれば、それも可能だろうがな」

と、からかい半分に言った。

すると中野は急に笑顔になって立ち上がった。

「そうですよね！　女王蜂が人間の言葉を理解できれば、可能ですよね！　そして働き蜂に指示を出す……つまり働き蜂を、30分ぐらい温和《おとな》しくさせておく方法があれば、それが可能になる……。須崎課長、山城警部補、どうもありがとうございました。またお伺いしますので、その時は宜しくお願いいたします！」

そして自分の意見に確信を持ったかのようにそう話し、2人に対して深々と頭を下げると、笑顔で帰って行った。

「中野ちゃん、何かを掴んでいるようだな……」

残された須崎は、独り言を呟いていた。

〈4〉


その日の夜、事件は新たな展開を迎えることとなった。

中野が取手警察署を訪ねていた、ほぼ同じ時刻である。

つまり6月16日の午前10時を過ぎた頃だった。

場所は相田総合病院の内科、看護師らが集うナースステーションである。

看護師長である相田啓子が、イライラを募らせていた。

相田啓子は、年齢こそ28歳と若いのだが、伯父であり相田総合病院の理事長でもある相田宗介の姪ということもあり、看護師を纏める師長の職に就いていた。

相田啓子のその見た目は、全体的には美人に見えるのであろうが、少し面長であり、まぶたが一重のため、冷たい印象を与えてしまう。

髪の毛は長く黒髪であるが、仕事のときはいつも後ろで結び小さく纏めていた。

身長も女性としては高い方で、１６５㎝ほどもある。

勤務態度は至って真面目で、誰よりもよく気が付くのだが、周りの看護師たちにも厳しく接するため、煙たがられているのも事実だった。

何故、今日に限ってイライラしているのかというと、今日の夕方5時より、相田啓子はあるパーティィに出席することとなっていたからである。

そのパーティーとは、名目上は相田啓子の誕生パーティィなのだが、本当の意味では啓子の父である相田啓介（57歳）が、啓子の結婚相手を本人に選ばせることが目的だった。

つまり〝公開お見合い〟である。

啓子自身はまだ当分結婚するつもりはないのだが、父が強要するため渋々出席を承諾したのだった。

そのために、今日は他の看護師たちに仕事を任せて、午後2時過ぎには早上がりをする予定でいた。

自分の好まない誕生パーティーなど出席したくはないし、早上がりをして後輩たちに借りを作るのも嫌だったからである。

しかしイライラしていても、患者たちには愛想良く振る舞っていた。

そこが啓子の凄いところだった。

個人の感情は一切表には出さず、患者には見せなかった。

その反動が内部の看護師たちに向けられるのだから、中の者たちからすればたまったものじゃない。

看護師たちも、今夜の誕生パーティーの事を知っていたため、啓子の見えない場所ではお見合いパーティーだと冷やかし合っていた。

王女蜂華も忙しく業務をこなしながら、啓子のお見合いパーティについて聞き耳を立てていた一人である。

桜木という看護師が、啓子へのご機嫌伺いをしているところに、ちょうど出くわした。

「師長さん、今日の誕生パーティーは、先日新しくご購入された真っ赤なドレスをお召しになるのですよね。あのドレスは、スレンダーな師長さんにと～っても良くお似合いでしたもの」

すると啓子は、少しだけ唇を緩めて微笑みながら、

「ええ、そうよ。このパーティーのために父が選んだドレスですから着ていくつもりよ。デザインがシックで好みなんだけど、どうも赤の色が濃過ぎて、私としてはあまり気に入らないのよね」

「そういたしますと師長さん、今夜は遅くなりそうですね……」

桜木看護師が少し意味深にそう聞いた。

ところが啓子は、冷たい表情へと変わり、

「いいえ、私は私の誕生パーティーが終わった時点で、直ぐに帰るつもりよ。二次会など、最初から行く気もないわ。父が煩《うるさ》いだろうから、誕生パーティーが終わったら会場の裏口からソッと抜け出て、真っ直ぐマンションに帰るつもりよ。パーティー会場も牛久駅前だから、歩いて帰れる点は助かるけどね……」

「ええええっ、もったいないですよ。結構、茨城県では、有名な男性陣も出席されるのですよね。私なら酔った振りして、好みの男性をゲットしちゃうのにな。師長さんは、真面目過ぎですよ！　でも香水ぐらいは、つけて行かれた方がいいですよ」

「桜木さん、貴女は不真面目過ぎよ！　でも、確かに香水ぐらいは女の身だしなみとしてつけていくべきよね。桜木さん、アドバイスどうもありがとう！」

2人の立ち話を、作業する振りをしながら蜂華は素知らぬ顔で聞いていた。

啓子と看護師がその場を離れたとき、蜂華は何故だか怪しい表情のまま微笑んだようにも見えた。

それは気のせいであると言えばそうなのかも知れないが、やはり、見ようによってはそう見えたであろう……。


同じ日の午後3時を過ぎた頃、中野の携帯電話が鳴った。

その時、中野はちょうど外出先から家に戻ってきたところだった。

画面の表示には〈王女蜂華〉と出ている。

中野はその名前を訝《いぶか》しげな表情で見たのだが、直ぐに電話を取った。

「はい、中野です」

もちろん声は、いつも通りにである。

「王女蜂華です。昨日は、お話の途中で失礼をして、申し訳ございませんでした。今日の夜、そうですね……7時過ぎになりそうですが、そちらにお伺いしても宜しいでしょうか？　私の勝手で申し訳ないのですが、昨日、朝ご飯をご馳走になりましたので、今度は私が夕飯を買って行きたいと思います。もちろん奥様の分も、私に買わせてください。とっても美味しいパスタ屋さんが、牛久駅前にできましたの。ご存知ですか？　そこはもちろんお店でも食べられるのですが、今はとても混んでいて、ゆっくりとはできないのです。でも持ち帰りも選べますから、もし宜しかったら、私に買わせていただけないでしょうか。夕飯を食べながら、昨日の続きの話をさせて欲しいのです。

どうしても、まだお話しておかなければならないことがあるのです。ですから早急に伺いたいと思っています。それからあまり大きな声では言えないことなのですが、実を申しますと私、今、勤務中なんです。書類を取りに行く振りをして、病院の外から電話を掛けています。

今日は、夕方の6時までが勤務時間なんです。そして明日も明後日も、仕事が入っておりますので、今日の夜ぐらいしか、お伺い出来ないのです。無理を言いますが、宜しくお願いいたします」

中野は、蜂華の話すことに矛盾は感じられないか素早く考えてみたが、それはないように思えた。

蜂華が何を話したくて、これからどうしたいのか、それも知りたいと思い、蜂華の要望を承諾してみようと決めた。

「わかりました、夜の7時過ぎですね。お待ちしております。それと今夜は、妻はまだ不在なものですから、パスタをお願いできるのであれば、蜂華さんと僕の2人分だけで結構です。買ってきて頂くのですから、お金は僕が払います。お手数をお掛けいたしますが、宜しくお願いします」

するとと電話の向こうで、蜂華が笑った気がした。

「中野さん、パスタの種類で嫌いな物は、何かございますか？　ここのパスタ屋さんでお勧めなのは、お店特製のカルボナーラです。卵とベーコンとニンニク、それを塩とコショウで味付けしたシンプルな物ですが、とても美味しいと思います。但しニンニクがきついので、デートのときは2人一緒に食べないと、ケンカになると思いますけど」

中野も笑いながら、

「そうですか。それならば僕は、そのカルボナーラの大盛りをお願いいたします。そして、もしお願いできるのであれば、蜂華さんも同じカルボナーラを選んでくだされば助かりますけどね」

今度は電話口でもハッキリとわかるほど、蜂華も声を上げて笑っていた。

「それでは私もカルボナーラにします。でも私は、大盛りにはいたしませんけど！」

それで電話は切れた。

中野は急に決まったことであるためか、一抹の不安を感じていた。

しかしそう思う反面、蜂華が話そうとしている内容に興味があったのも事実である。

まだ事件全体の構図が、中野には見えていなかった。

だからどうしても、真実に迫りたかった。


その日の夜、7時を15分過ぎたとき、中野家の駐車場に淡いブルーのホンダシビックがゆっくりと入ってきて停《とま》った。

もちろん蜂華が運転する車である。

蜂華は玄関の扉を少し開けると、そこから声を掛けた。

「中野さん、王女です。遠慮なく入らせて頂きます！」

その声は明るく、昨日来たときとはまるで別人のように聞こえた。

キッチンでコーヒーを淹れていた中野は、そのままの姿勢で、

「はい、どうぞお上がりください！」

と、返した。

蜂華が応接間に入ってくると、中野が淹れていたコーヒーの香りよりも強烈なニンニクの匂いが辺りに漂ってきた。

それは蜂華が買って来てくれた2人の夕食となるカルボナーラの匂いである。

中野はコーヒーをテーブルまで運び、笑顔で蜂華を迎えた。今日の蜂華は、真っ白なTシャツに濃紺のジーンズという、普段着で現れたのである。

仕事の帰りと考えればそれもしょうがないだろうと、中野は思った。

蜂華も笑顔で対応して、

「中野さん、突然でしたのに無理を聞いて頂きありがとうございます。こうしてパスタも買うことができました。でも、お持ち帰り用に作ってもらうのに45分もかかったんですよ。だから予定よりも少し遅れてしまいました」

何故だか今日の蜂華は、少女のように明るかった。

よっぽど嬉しいことでもあったかのようである。

中野は笑顔の中にも、慎重を期することを忘れなかった。

「そうですか。パスタを買うのに45分も待ってくれたのですか。それは申し訳なかったですね。さぞかし美味しいパスタなのでしょう。とても楽しみです。パスタの代金はおいくらでしたか？　僕がお支払いいたします」

「駄目ですよ！　これは私がお誘いしたのですから、今夜は私が払います。そう、させてください」

中野は少し考えてみたが、ここは強く出るところでもないだろうし、今夜は蜂華の言う通りご馳走になることにした。

「それじゃあ、遠慮なくご馳走になります。でも次の時は、僕に出させてくださいね」

「わかりました。次に夕飯をご一緒する機会があったならば、中野さんにご馳走して頂きます。その時は、宜しくお願いいたします」

その返し方にも中野は、少しだけ引っ掛かった。

普通ならば、『次は宜しくお願いいたします』だけでよさそうなものだが、蜂華はあえて、『次に夕飯をご一緒する機会があったならば』と、わざわざ前置きをしてから、肯定をしたのである。

つまり裏を返せば、中野と夕飯をともにする機会は当分はない、もしくはもう二度とない、と言っているようなものだった。

その同時刻である——。
牛久駅東口にあるシティホテル、その横に設けられたレストランのパーティ会場では、相田啓子の誕生パーティーが、終わろうとしていた。

それは名目上、一次会の終了を告げるものであり、出席した30人余りの客は、二次会へと向かう気が十二分にあった。

啓子のお見合い相手とされた若い男性3人も、それぞれが二次会へ出席して、相田啓子に気に入られようと考えていた。

しかし当の啓子は、この一次会が終わった時点で、帰ることしか考えていなかった。

啓子は父親である相田啓介のお開きの挨拶が済んだ時点で、化粧室へと逃げるように入って行った。

そして鏡の前で崩れかかった化粧を直すと、用意していた香水の小瓶を取り出し、首筋から胸元へと、満遍《まんべん》なく振り掛けていた。

少しだけ目尻を上げながら、

「全く！　……私はお父様の人形じゃないんだから、結婚する相手ぐらいは自分で探すから結構よ！　このパーティーで私に言い寄ってくる男どもときたら、私よりも私の先に見える遺産に、目が行っているのが見え見えなんですもの。失礼しちゃうわ！」

赤いドレスの胸元を直しながら、鏡の自分に向かって怒っていた。

赤いドレスと表現したが、どちらかといえば紅いドレスの方が表現的には正しいようだ。

よく見ると、黒みがかった赤い色である。

しかし高身長の相田啓子が着ているると、そのドレスはとてもよく似合っていた。胸元で揺れて光るプラチナのネックレスも品が良く、彼女のことを引き立てている。

啓子は鏡の向う側にいる自分に向かって、最後通告をした。

「それじゃあ……ここから帰るわよ！　脱出よ、脱出するわよ！　お父様に気付かれないうちに、裏口から消えることにいたしましょう！」

冷たい微笑みを見せると、化粧室を出てパーティ会場の裏口へと向かった。

出口で警備員の男性に向かい、ウインクをしながら言付けを頼んだ。

「もし、会場内で『相田啓子はどこへ行った！』と騒ぎ出したら、『もう家に帰られました』

とだけ伝えてください。宜しくお願いしますね！」

警備員の男はその意味を理解したのか、苦笑いをして「はい！」とだけ応えてくれた。

啓子は歩きづらいハイヒールのまま、常磐線の踏切りを渡り西口側に出た。そこから水戸街道を少しだけ土浦方向へ進み、細い道を左に折れた。

この先には鹿嶋神社があり、薬師寺へと続く抜け道があった。

地元の人でもあまり通らない道なのだが、牛久駅から啓子の住むマンションへ向かうには、この道が最短ルートだった。

しかしその抜け道は、まだ夜の7時半を少し過ぎただけなのに、人通りは殆どなかった。

けれども啓子は気にしていなかった。

何故なら、この抜け道はたまに通る道でもあるし、啓子自身が空手の黒帯三段を所持していたからでもある。

たとえ暗闇で暴漢に襲われたとしても、大概の男ならその長い脚で蹴散らせる自信があったからだ。

鹿嶋神社の横を抜けて、薬師寺へと向かう細い道を足早に通り過ぎようとしたときだった。

抜け道の左脇には、クヌギの木が3本並んで立っていた。

啓子が1本目のクヌギの木の前を通り過ぎようとしたとき、啓子の顔の前に1

匹の大きな虫が飛んできたのである。

啓子は慌てもしないで、その虫を空手の手刀で叩き落とした。

すると今度は、２本目のクヌギの木の方角から、低く唸るような羽音が聞こえてきた。

バチッ、バチッ、バチッ！　と、それはまさしく威嚇音そのものだった。
12、13匹ほどのオオスズメバチが、啓子に向かって攻撃を仕掛けてきたのである。
啓子が先程手刀で叩き落とした虫は、偵察に向かったオオスズメバチであった。

偵察のオオスズメバチは、啓子のつけていた香水に誘われてきた訳である。

それを叩き落としてしまったのだから、仲間のオオスズメバチは啓子のことを敵と認識してしまった。

今夜の啓子は、真っ赤な……いや、紅いドレスを着用している。

そして自分の誕生パーティのため、普段ならつけない香水を、ふんだんにつけていた。

そのどちらもが、オオスズメバチにとっては標的となるものだった。

オオスズメバチは、濃い色の物を敵と見なす習性がある。

それは彼らの巣を襲う天敵である熊が、黒毛であるためだともいわれている。

逆に、白色や黄色などの薄い色は、あまり認識できないらしい。

そして花の蜜を集めるため、香水などの香りにも敏感なのだ。

今夜の相田啓子は、その両方を兼ね備えていた。

そして気の強い性格のため、最初に飛んできたオオスズメバチを、自身の手刀で叩き落としてしまったのも不味かった。

今夜の相田啓子は、運が悪かったとしかいいようがない。

その後、啓子はオオスズメバチに次々と襲われてしまい、助けを呼ぶこともなく、アナフィラキシーショックを起こし、その場で亡くなったのである。


相田啓子がオオスズメバチに襲われていた同時刻、中野家では、中野浩一と王女蜂華の2人だけの奇妙な晩餐が始まっていた。

蜂華が買って来てくれたカルボナーラはとても美味しかった。

中野も笑顔で食べ始めたのである。

カルボナーラが美味しいことを告げると、蜂華も喜んでいた。

しかし蜂華の口からは世間話しか出ず、どれも事件とは関係のないものばかりだった。

食事中だから事件の話は止めているのだろうと思い、中野も相づちを打ちながら、笑顔でそれを聞いていた。

そして夕飯も終わったのでコーヒーを淹れ直し、中野が席に座り直しても、蜂華は事件について何も話さなかったのである。

中野には、どうしても意味がわからなかった。

その時だった。

蜂華がコーヒーのスプーンをテーブルの下に落としてしまい、前屈みになってそれを拾おうとした瞬間である。

別に中野は、それを見たくて見たわけではないのだが、蜂華の着ていたTシャツの衿《えり》が大きく開き、彼女の胸元が見えてしまった。

その時中野は、蜂華の右の乳房上部にある痣《あざ》らしきものを確認した。

その痣は、大きさが約3㎝四方だった。

痣は蜂華の白い肌の上に、黒くハッキリと刻まれていた。

その痣の形ははじめは漢字の『小』の文字のようにも見えたのだが、よく見ると小の文字の縦棒の上部が丸く膨らんでいた。

それはまるで蜂が羽を広げて飛翔しているようにも見えたのである。

中野は身震いをした。

その痣の形状に、人間の業《ごう》の深さを感じたからである。

何故ならば、自分の妻である亜門にも同じような痣があるからだ。

亜門の左の乳房の上部には、先祖である平将門《たいらのまさかど》の家紋である九曜紋《くようもん》が刻まれていた。

痣のある人間の全てがその人物の闇を表しているわけではないのだろうが、中野は王女蜂華の痣に、妻の亜門と同じ運命《さだめ》を感じていた。

王女蜂華は、本物の女王蜂なのかも知れない……そう思った。

蜂華はスプーンを拾い上げると、何事もなかったかのように笑顔を見せて、コーヒーを飲んでいた。

そしてその後も、事件については一切語ることもなく、夜の9時を過ぎると、当たり前のように帰って行った。

中野は狐につままれたような、不思議な気持ちで蜂華を見送った。

そして次の日の朝、テレビでニュース速報を見たとき、蜂華が中野を訪ねて来た本当の理由を知ったのである。

『相田総合病院の看護師長、相田啓子さん28歳が、昨日の夜8時頃、牛久市にある鹿嶋神社から薬師寺へと続く私道で、オオスズメバチに襲われて亡くなりました。警察は事故として、捜査を始めたもようです。

なお、牛久市役所からの要請により、直ぐにでも蜂駆除が行われる予定です。駆除作業が済むまでは、私道は通行禁止となります。近所にお住まいの方は、ご注意ください』

中野は朝食を食べながら、それをテレビで見ていた。そして脳天から衝撃を受けたように、クラクラと目眩《めまい》がした。

中野は、どう動いていいのかわからないでいた。

取手警察署の須崎を訪ねた方がいいのか、それとも自分一人で動くべきなのか……決めかねていた。

取手警察署を訪ねた場合、今日までのことをどう説明すべきか？

犯人と思われる人物は間違いなく、その犯行時間には自分と2人だけで逢っていた。

つまり中野自身が、犯人のアリバイ工作に利用されていた訳である。
そして犯行手口についても、何一つ証拠がない。
あるのは自分が感じたカンだけであり、そこから推理した絵空事である。
ましてや自分の推理の通りに、ことが運ぶのかさえわからなかった。
証明することさえ、それは困難なことである。
たとえ須崎に説明しても、理解されないであろう。
中野の戯《ざ》れ言と、片付けられてしまうに違いない。
しかし中野は、それが犯罪であり仕組まれた巧妙な罠であることに、気が付いている。
何より自分の推理には、自信もあった。
中野は天井を見つめて、思い悩んでいた。
果たして犯人は、第三の犯行を企てるだろうか？
全てを己のためにしようと考えているならば、第三の犯行もあり得るだろう。
もしそうだとしたら、第三の犯行を阻止しなければならない。
けれども、犯人が動かない可能性も考えられる。
何故ならば、このままの状態でも遺言の下書き通り、遺産の半分は必然的に自分の物になるからである。

ここで無理をしてまで、第三の犯行を企てる必要はない気もする。

現在、起きたであろう犯行だけならば、今のところ完全犯罪といってもいい。

中野には、今回の犯人の気持ちが何一つわからないため、手の打ちようもなかったのである。

中野が悩み、動けずにいた3日間、事件は新たに動き出してしまった。


〈5〉


6月20日、土曜日の朝だった。

時計の針は、9時を過ぎていた。

今日は妻の亜門とキンちゃんを、亜門の実家である平家《たいら》まで、迎えに行く予定でいた。

あと1時間もしたら、出掛けようと準備をしていたときである、中野の携帯電話がけたたましく鳴った。

画面を見ると、〈須崎 真〉と表示されている。

取手警察署の須崎警視からだった。

中野は一度咳払いをすると、元気に電話を取った。

「おはようございます！　須崎課長！」

いつもなら明るい声で対応してくれる須崎なのだが、今朝は低い声だった。

「おおっと中野ちゃん、おはよう。朝から元気な声が出ていて、羨ましいぞ。こちとら今朝方の3時過ぎに叩き起こされて、捜査に引っ張り出されたんだから、眠くてたまらんわ。どうだ中野ちゃん、これから時間が取れるか？」

中野は妻・亜門の顔が目に浮かんだが、それを直ぐに消し去り、

「はい、大丈夫です！　何か、面倒な事件でも起きたのでしょうか？」

「うむ、まだ事件かどうかもわからん。だが男が一人、マンションの部屋で死亡していた。そしてその部屋は、誰がどう見ても密室なんだよ。普通で考えれば事故のようにも見えるんだが、俺の刑事としてのカンが、事故ではないといっている。そして何よりも死んでいた男というのが、相田祐一35歳だ。相田祐一とは、先日より相次いで事故死した、相田総合病院の理事長相田宗介の甥や姪に当たる

最後の一人だ。

今週の火曜日、中野ちゃんが相田祐司郎の事故死について俺のところに聞きに来たよな。その相田祐司郎の兄に当たるのが、今回死んでいた相田祐一なんだよ。4日前に牛久市の私道でオオスズメバチに襲われて亡くなった相田啓子も、2人の従姉妹《いとこ》に当たるわけだ。

こう3件も事故が続くとだな、何か裏があるように思えて仕方ない。それに中野ちゃんが、火曜日の帰り際に残した言葉も、何故か俺には引っ掛かっていてだな。確かこう言ったよな、中野ちゃんは、

『そうですよね。女王蜂が人間の言葉を理解できれば、可能ですよね』

って、意味不明の言葉を残して帰ったよな。だから中野ちゃんは、俺の知らないことも知っていて、別の角度からこの事件を追っていたんだと俺は思っている。場所は取手駅前、東口にあるマンションの7階だ。現場はまだ何も手が付けられてない。犯行時のままの状態で残っているぞ。どうだ……今から、現場を見に来ないか？　中野ちゃん！」

中野は自分の甘さが、相田祐一の命を奪ってしまったと後悔した。まさか犯人が遺言の権利について１００％の方を選ぶとは、中野でさえも思わなかったからである。

しかし直ぐに持ち前の探偵魂に火が付いた。

「はい、ぜひ僕にも現場を見させてください。そして僕の知っていることを、須崎課長に全てお話しいたします！」

須崎は電話の向こう側でニヤリと微笑むと、

「そうか、それならばそうしてくれ。俺はしばらくの間ここに居るから、マンションの下についたら連絡してくれ」

中野は電話を切ると、妻の亜門に携帯からメールを入れた。

『今日は迎えに行けそうもないから、明日の朝、迎えに行く。そして自分はこれから、取手署の須崎課長と合流する』

亜門は返信で、『コウ様、お気を付けてくださいませ！』と心配してくれた。

中野は出掛ける用意を済ませると、ジムニーに飛び乗り取手駅前のマンションに向けて出発した。

中野の自宅から取手駅までは、車だと約15分ほどで着く距離である。

取手駅に到着したのは、ちょうど9時半だった。

駅前東口のロータリーにジムニーを停めると、須崎に連絡をした。

事件の起きたマンションは、駅前にある交番の脇を右に入って、直ぐ左に建つマンションだった。

マンションの前の道路には、警察車両が2台停まっていた。

中野は更に奥へと進み、警察車両とは間隔を空けて、ジムニーを停車させた。

そこから歩いてマンションへと向かい、歩道の脇からマンションを見上げてみた。

マンション自体はわりと新しいようで、外観の造りなどは白い壁がとても美しく感じられた。

大きさは小ぢんまりとしていて、各フロアーには部屋が3つずつ設けられており、それが7階まで続いている。

つまり事件の起きた部屋とは、このマンションの最上階に当たる部屋だった。

中野がマンションの入口に立つ警察官に声を掛けると、須崎から聞いているようで、直ぐに中へと入れてくれた。

現場は7階だと聞いていたが、あえてエレベーターを5階で降りて、そこからは非常階段を使い7階まで上ることにした。

エレベーターはマンションの中央に付けられており、各フロアー中央の部屋の前で、乗り降りすることになる。

エレベーターを降りると、右手が1号室、目の前が2号室、左手が3号室と表示されており、非常階段は左手奥に設置されていた。

中野は5階でエレベーターを降りると、左手に進み非常階段に出た。

非常階段をゆっくりと上りながら、手摺《てす》り、足下、壁の表面等を、丹念に観察しながら上って行く。

5階から6階までは、何も見つからなかった。

しかし6階から上り始めた時点で、階段の外側にある排水管のパイプに、赤い何かが引っ掛かっているのが見えた。

それはよく見るとガチャガチャ、またはガチャポン、もしくはカプセルトイと呼ばれる、小さい玩具を入れて販売する容器のようだった。

上半分が透明で下半分が赤く、直径が7～8㎝ほどある球体型のプラスチックの容器である。

中野は子供が落とした物だろうと思いそのまま上り始めたのだが、半分ほど上った時点で、もう一度先程の場所まで降りてきた。

そして何を思ったのか、そのガチャガチャの容器を取ろうとして、手摺りの隙間から手を伸ばしてみた。

けれども後少しのところで、指先は届かなかった。

中野は身長が１７８㎝ある。

決して小さい方ではないのだが、それでも指先は届かなかった。

中野は少し考えると、履いていた靴と靴下を脱ぎ、裸足になった。

そして手摺りの隙間から左足を外に伸ばすと、その容器をこちら側に手繰《たぐ》り寄せ始めたのである。

手でも届くところまで寄せると、注意しながら容器を回収した。

中野はその容器を、持っていたビニール袋に入れると鞄に収めた。

靴下と靴を履き直し、再び非常階段を上り始める。

その後、その容器以外は、何も見つけられなかった。

非常階段から7階の廊下に入ると、一番奥にある７０１号室を目指した。

部屋の入口のドアは開いていて、ここでも若い警察官が一人、その前に立って見張りをしていた。

中野が近づき挨拶をすると、笑顔で迎えてくれた。

「おはようございます。中野ですが、須崎課長はいらっしゃいますか」

するとその警察官ではなく、部屋の奥から須崎の濁声《だみごえ》が飛んできた。

「おおっと中野ちゃん、よく来たな。遠慮せずに入ってもらって、構わんぞ！」

中野は部屋の入口に立つと、まず最初に用意してきた薄い使い捨てのゴム手袋を填《は》めた。

そしてドアの前に蹲《うずくま》ると、ドア本体を観察し始めていた。

ドアは鉄製であり、厚さもそれなりにあった。

ノブの部分に鍵は付いていたが、新しいマンションのわりには、一般的なディスクシリンダー錠と呼ばれるタイプの鍵が一つだけ、付いているだけだった。

このタイプの錠は、ノブの部分と一体式の鍵が付いており、鍵自体の形状が複雑なだけで、その造りは至って単純である。

摘みを回せば、鍵が掛かる代物だった。

そしてドアの下の部分には、空気の通り道となる2㎝ほど隙間が空いていた。

中野はそこまで観察すると、玄関の中に入って行った。

すると直ぐに、ハーブの香りが鼻についた。

見ると玄関脇の棚の上には、鉢に入った小振りの月桂樹が置いてあった。

月桂樹とは和名であり、一般的にはローリエと呼ばれているものである。

中野は玄関先に用意されていたスリッパに履き替えると、須崎が待つ部屋の中へと入って行った。

入口を入ると直ぐ左側にキッチンがあった。

電子レンジや炊飯ジャーなどの電化製品、調理用の道具や食器類なども、綺麗に整理されており、相田祐一が几帳面な性格であることがよくわかった。

キッチンの向かい側は壁で区切られてはいるが、どうやらバスやトイレなどの水回りが設けられているようである。

そのまま進むと、広いリビングに出た。

広さは15～16畳ほどはありそうだった。

リビングの中央には、3人掛けのソファーと、1人掛けのソファーが2脚置いてあり、真ん中には大理石柄の洒落たテーブルが置いてあった。

リビングの右側には出窓があり、その下側にテレビやオーディオ、それと観葉植物が置いてある。

リビングの左側、つまり水回りの更に奥側が、ベッドルームとなっていた。

ベッドルームの広さは8畳ほどあり、水回りとの仕切りの壁は大きなクローゼットとなっていて、今、そのクローゼットの中を須崎が調べていた。

ベッドルーム左の壁には、海の風景が描かれた大きな油絵が掛けられている。中央にはキングサイズのベッドが置いてあり、シーツなどの乱れもなく、寝た形跡は見られなかった。

ベッドルームとリビングの突き当たりが大きな窓であり、その先にベランダが設けてあった。

最上階のせいなのか天井は高く、とても開放感があり、この1LDKの部屋は暮らしやすそうだった。

相田祐一は、リビングの手前側で死んでいたようだ。

フロアに敷かれていたクリーム色の絨毯《じゅうたん》には、死体があった形に、赤いテープが貼られている。

赤いテープで作られた人型の、その伸ばした右手の先には、掻きむしった跡も見て取れた。

そしてその伸ばした右手の先に、この部屋の物と思われる鍵がポツンと落ちていた。

その鍵には何の飾りも付いていなかった。

金属でできた鍵だけが一つ、ポツンと落ちていたのである。

中野はそこまで部屋の中を観察すると、須崎に声を掛けた。

「須崎課長、遅くなりました」

須崎はクローゼットの中から、顔を出すとニヤリと微笑み、

「大丈夫だ。どうせ中野ちゃんのことだから、非常階段から上ってきたんだろう。何かめぼしい物でも見つかったか？」

中野は、取り敢えずそれには答えずに、先に問い掛けた。

「須崎課長、相田祐一の死因は、いったい何だったのでしょうか？」

須崎はその質問を待っていたかのように頷くと、

「中野ちゃんは、なんだと思う？　大凡《おおよそ》、見当はついているんだろう？」

逆に、質問を返されてしまった。

「まさか……そうなのですか⁉……」

「ああ、そうだ。中野ちゃんが考えている通り、アナフィラキシーショックだっ

たよ。今、鑑識の連中が当たっているだろうが。しかしどうやら今回は、蜂毒ではなさそうだぞ。

キッチンの流し台を見てみればわかるだろうが、何か食べ物によるアナフィラキシーショックのようだ。蕎麦とか、小麦とか、そういう食物による過剰なアレルギー反応を起こして亡くなったのではないかと、鑑識課の主任は言っていたがな。

まあ、正確な答えは、検死の結果を待つしかなかろう。どちらにしてもだ。死因はアナフィラキシーショックに、間違いないようだ」

それを聞いた中野は、直ぐにキッチンへと向かった。

キッチンの流しの中には、確かにフライパンと、使用した皿やコップが水に浸《つ》かっていた。

これを見る限り、相田祐一は食べ終わった食器を浸《ひた》したその後、アレルギー反応を起こしたようである。

流しに浸かっている調理器具からすると、お好み焼きか、それとも焼きうどんらしかった。

そうすると小麦アレルギーなのか？　それとも蕎麦アレルギーか？

だがもしそうであるならば、本人自らお好み焼きや、焼きうどんを作り、食べるはずがない。

するとその中に、何らかの悪意が込められた結果、アナフィラキシーショックを起こしたのであろうか？

真実を知るには、須崎が言う通り検死の結果を待つしかなかった。

そう考えながらリビングに戻ると、須崎が3人掛けのソファーに座り、天井を見上げていた。

中野が戻ってくると、自分の目の前の椅子に座るように、右手で合図をした。

「中野ちゃんよ。この部屋は密室になっていた。そして相田祐一の他に、誰も入った形跡は認められなかった。もちろん玄関の扉は、施錠されていたわけだ。

昨夜、真夜中の2時過ぎ、相田総合病院からの通報があり、駅前の交番から鶴田巡査がこの部屋を訪れた。その結果、相田祐一の死亡が確認された。相田総合病院からの通報は、外科の看護師からによるもので、『当病院の外科医である相田祐一先生が、出勤時間を6時間以上過ぎても、出社して来ないのです。家の電話も先生のスマホも、呼び出し音は鳴るのですが、本人が電話に出ないのです。もしかしたら、何かあったのかも知れません。ですから、確認して欲しいのです』

というものだった。

鶴田巡査が来てみると、ドアには鍵が閉まっていて開かなかった。

1階にある管理人を呼びよせ、スペアキーでドアを開けてもらって部屋に入ってみると、相田祐一が亡くなっていた。それから取手署の俺のところに、通報が来た。夕べはたまたま夜勤で、俺は警察署にいたんだ。ちょうど仮眠を取り始めたところを、叩き起こされたというわけだ。だから俺は今、眠くてしょうがない。

しかしだな、事件が相田総合病院絡みだとわかり、今は興味を持って俺はここに居る。中野ちゃんも気が付いただろうが、この部屋の鍵が無造作に死体の側に落ちていた。これはどう見ても、不自然だよな。しかし、これがもし犯罪ならば、この密室の謎をまずはじめに解かなければ、先へは進めんよな。そこでだ、俺は中野ちゃんに連絡をしたわけだ。どうだ……これがここまでの、俺の流れだ」

そう説明すると、いつものようにまたニヤリと微笑んだのである。

中野は須崎を見つめながら、

「相田祐一さんが亡くなった経緯は、理解しました。それと須崎課長が密室とおっしゃるのですから、どの窓も全て施錠されていたわけですよね。普通で考えれば事故死にも見えますが、やはりこの部屋の鍵が死体のそばにポツンと落ちているのは、僕にも不自然に思えます。それと鍵自体に、何の飾りも付いていないのは、おかしな点ですよね。普通ならキーホルダーぐらいは付けているはずです」

「ああ、もちろん全ての窓にはきちんと鍵が掛かっていたよ。部屋の鍵は、まだ誰も手を触れていないのだから、はじめからあのままの状態だったわけだ。さて、この謎をどう解くよ中野ちゃん。君の思うように観察をして、最後に意見を聞かせてくれ」

中野は頷きながら「はい！」と言って立ち上がると、ベッドルームに向かった。ベッドルームの天井から観察を始め、油絵を見て窓に取りかかった。

窓の中央に付いている鍵を上下に動かし、窓の開け閉めを繰り返してみた。そのままベランダに出ると、エアコンのパイプを通す穴に、白い糸が引っ掛かっているのが見えた。

中野は手を伸ばし、その糸を取ろうとしたが、あと少しで届かなかった。仕方がないので、須崎を呼んだ。

「須崎課長、すみません。ちょっとお力を貸してください」

中野の声を聞いて、須崎がベランダに出てきてくれた。

「どうした、俺のこの力が必要なのか？」

そう言うと、笑いながら力こぶを作って見せた。

中野も笑いながら、須崎に合わせて、

「須崎課長の、その力は必要ないです。今、お借りしたいのは、須崎課長の高い身長の方です。リビングにはエアコンが取り付けてありましたが、ベッドルームには取り付けていませんでした。ですからエアコンのパイプ用に開けられていた穴を、空気穴として使っていたようです。半分だけ開いているのが見てわかります。その穴の縁《ふち》に白い糸が引っ掛かっています。あの糸は、どう見ても不自然ではないでしょうか。僕の身長では届かないので、須崎課長、取ってください」

須崎の身長は、１８５㎝である。

須崎はベランダから見上げると、背伸びをしながら右手を伸ばして、その白い糸を取ってくれた。

「何じゃこの糸は？……どうやら縫い糸のようだがな。確かにこんな所にあるのは不自然だが、たまたま風に飛ばされて、ここに引っ掛かっていたようにも見えるぞ」

それは普通の木綿糸で、20㎝ほどの長さで千切れていた。

中野は糸を受け取ると、しばらくその糸を見つめていたが、

「こちら側は、ハサミで切ってありますね。でも反対側は無理矢理千切ったのか、それとも千切れてしまったのか、切れ目がギザギザになっています。この糸は、後で説明するときに使わせてください」

そう話すと、糸を須崎に渡したのである。

須崎は「ふむ」と言っただけで、それ以上は何も聞かなかった。

中野はベランダからリビングに戻ると、テレビの横に置かれていた観葉植物を観察しだした。

玄関先に置いてあったのと同じ月桂樹である。

しかし大きさは少し大きめで、植木鉢に植えて置いてあった。

これを見る限り相田祐一は、よっぽど月桂樹が、好きなように思われた。

けれども中野は、別の意味でその観葉植物に注目していた。

それは月桂樹が放つ、シネオールと呼ばれる芳香成分に対してである。

人にとっては、とても爽やかな香りである。

そして、その香りを嫌う生き物も、この世には存在した。

中野はその後、リビングからベランダに通じる大きな窓を、入念に調べていたが、鍵が外から開けられた形跡がないと判断すると、次は出窓に向かった。

出窓にも小さな植木鉢が置かれていて、中にはサボテンが植えられている。

この出窓も中野が見た限りでは、外からの出入りは不可能であり、その痕跡も見られなかった。

中野はもう一度、玄関へと向かった。

そこで再びドアの開け閉めを繰り返すと、納得した表情となり、須崎が待つリビングに戻ってきたのである。

そして須崎の前に、腰を下ろした。

中野は自分のバッグから、先程非常階段で拾ってきた、ガチャガチャの入れ物を取り出し、ビニール袋に入れたまま、須崎の目の前に置いた。

須崎は、それを見ても眉一つ動かさなかった。

ただ、中野の動きを黙って見つめていた。

「須崎課長、取り敢えずこの部屋の密室の絡繰《からく》りは、解けたと思います。ですが、それを話す前に、これまで僕の周りでいったい何が起きていたのかを説明いたしますので、最初にそれを聞いてください」

中野は、そう話すと、6月8日の月曜日、龍ケ崎市駅で初めて王女蜂華と出逢ったとき、蜂華自身がアナフィラキシーショックを起こしてしまったこと。

次は一週間後の6月15日、相田祐司郎が常磐自動車道において事故で亡くなったときも、王女蜂華が自分に事件依頼をするため中野家を訪れていたこと。そして翌日の6月16日、火曜日の夜には王女蜂華が無理矢理訪ねてきて、奇妙な晩餐をし、その同時刻に相田啓子が亡くなったことを説明した。

須崎は目を閉じて、黙って中野の説明を聞いてくれていた。

中野はそこまで説明が済むと、今回の事件について独自の見解を話し出したのである。

「最初に王女蜂華が、僕の目の前でアナフィラキシーショックを起こしたのは、彼女がまだ実験段階だったため、正確な時間が掴めておらず、その実験に失敗をしたためだと僕は考えています」

そこで須崎がやっと目を開けた。

「ほほう。それは、どんな実験だというんだ中野ちゃん？」

そう中野に問い掛けたのである。

「はい、これはまだ証拠も何もないのであくまでも僕の仮説の中だけの話です。僕は王女蜂華がオオスズメバチを飼育していて、仮死状態をつくる技術を会得しているのではないかと考えています」

「そんなことができる可能性があるというのか？」

「はい、僕が調べた中では、理論的にはできると思います。王女蜂華が液体窒素を使用して、オオスズメバチを仮死状態にしているのではないかと考えています。液体窒素を使えば、瞬間的に温度をマイナス196℃まで下げることができます。その中にオオスズメバチを投入すれば、冷凍状態になるはずです。

しかし、生命力の強いオオスズメバチはまだ死んではいないのです。つまり仮死状態ということです。もちろんオオスズメバチの中にはそのまま死んでしまうものもいたと思います。ですが生き返るオオスズメバチの方が多いはずです。僕はそう考えています。

そして常温で置いておけば、やがて冷凍状態が解けて平常に戻る。どのくらいの時間液体窒素にオオスズメバチを浸けておけば、死なせずに仮死状態でいられるのか。また、仮死状態から、どのくらいの時間が経過すれば、平常に戻れるのか。王女蜂華は、それを自ら実験して、掴んでいたのだと思います。

つまり、王女蜂華が最初に僕の前でアナフィラキシーショックを起こしてしまった原因は、仮死状態にして持参していたオオスズメバチが予想以上に早く目覚めてしまったため起きてしまった事故だと思うのです。それがたまたま、僕の前で起きただけでした」

「成る程、理論上はわかる気もするがな。しかし最初のとき、たまたま中野ちゃんが近くに居たから命拾いしたわけだよな。もし中野ちゃんがそばに居なければ、王女蜂華は死んでいたんだぞ。そこまでして、それ程危険な実験を果たしてするだろうか？」

中野は須崎を見て、大きく頷いた。

「課長のおっしゃる通りです。もちろん王女蜂華は、ある程度の危険は覚悟していたでしょう。これも証拠は掴めていませんが、蜂華はアナフィラキシーショックの特効薬であるエピペン、つまりアドレナリン注射を常時自分の鞄に入れていたのだと思います。そこは大病院に勤めている看護師なわけですから、何らかのツテがあり用意はできたはずです。もしくは黙って持ち出していたのかも知れません。

最初の時は、たまたまそばに居たのが探偵をしているこの僕だった。僕がアナフィラキシーショックだと直ぐに気が付かなければ自分で処置するつもりでいたのでしょうが、僕が救急車を呼び、アナフィラキシーショックであることを伝えたため、その流れに乗ることにしたのです。

今後、自分の計画において、探偵である僕を利用できると、王女蜂華は瞬時に判断をし、それを実行しました。あの時、あの状況で、それを考えたのならば大したものです。そしてその時から僕は、王女蜂華の殺人計画の一部に組み込まれてしまったようです。つまり僕は事件が起きたとき、いつも王女蜂華と2人で逢っていた。僕が与えられた役とは、彼女のアリバイを証明する、それだけのものでした。それに気付いたのは、2件目に起きた相田啓子さんの殺害時刻に、僕の家で奇妙な晩餐をしたためです。腑に落ちない無理矢理な、急を要する約束。そして自分からパスタ料理を買っていくから、僕の家で依頼内容について話がしたいと言っていたにもかかわらず、彼女が来て喋ったのは、世間話だけでした。いくら僕でも、これはおかしいと気が付きますよね。

そこから僕は本格的に、王女蜂華が犯人であることを前提として推理を始めたのです。最初に起きた相田祐司郎さんの殺害方法は、もうおわかりだと思いますが、液体窒素に浸し仮死状態にしたオオスズメバチを、相田祐司郎さんの車に数匹入れて置いただけです。温度の高い車の中だと、30分もすればオオスズメバチは蘇生したのだと思います。もしくは30分ぐらいで蘇生するように、調整していたのかも知れません。車内には相田祐司郎さんを刺した1匹だけが残っていましたが、残りのオオスズメバチは事故後に逃げ出してしまったのでしょう。

次に起きた相田啓子さんの殺害方法も、至って簡単なものでした。王女蜂華は、僕の家に夜の7時過ぎに来る予定でしたし、相田啓子さんの誕生パーティは7時過ぎに終わったようです。そして王女蜂華には間違いなく、啓子さんが通るであろう鹿嶋神社から薬師寺へ抜ける細い道がわかっていた。その道の脇には、3本のクヌギの大木がありました。クヌギの木の根元に仮死状態のオオスズメバチを15匹ほど置いておくだけで、犯行準備は完了したのです。パーティが終わる1時間前、つまり6時頃までに置いておけば、夏前のこの時期ですから、オオスズメバチは自然に蘇生したのだと思います。その結果、紅いドレスを着て香水をつけていた相田啓子さんは、必然的にオオスズメバチに襲われることになってしまった。もしこの犯行がたとえ上手く行かなくても、王女蜂華は次の手を打つ準備はしていたと思います。

そして3番目となる、今回の犯行。僕は前の2つの事件が完璧な形で終わった時点で、もしかしたら王女蜂華は、これ以上は動かないかも知れないと勝手に思い込んでいました。

ここまでは証拠もなく、完全犯罪だと言っても過言ではないからです。だからあえてこれ以上、危ない橋は、渡らないだろうと考えたのです。そして何より、相田宗介理事長が考えた遺言の下書き通り、相田総合病院の権利である半分が、王女蜂華の取り分となったからです。

でもその考え方は、僕が甘かったようです。もしこの事件が起きる前に須崎課長に相談していれば、相田祐一さんを死なせずに済んだのかも知れません。本当に申し訳ございませんでした」

中野は心から、懺悔の気持ちで頭を下げた。

須崎は、それについては答えずに、

「それで……その先を聞こうか。今回の相田祐一は、今、中野ちゃんもその目で見た通り、密室の中で死んでいた。中野ちゃんが解いたと言ったこの部屋の絡繰りの謎を聞かせてもらおうか」

中野は、先程テーブルの上に置いたビニール袋に入ったガチャガチャの容器を須崎に示しながら、

「はい、わかりました。このプラスチックの丸い容器は、子供たちがガチャガチャとかガチャポン、もしくはカプセルトイと呼んでいる玩具の入れ物です。これはこのマンションの非常階段の6階から7階へ上がる踊り場脇の壁、そこに通っ

ている排水管のパイプに引っ掛かっていた物です。

僕はこれを見たとき、はじめは子供が落としたのだろうと思い、通り過ぎようとしました。ですがよく考えてみれば、このマンションの造りでは、3人以上の家族はここで暮らしては居ないだろうと思い直したのです。つまり1LDKの間取りでは、独身者か、せめて新婚夫婦ぐらいだろうと思います。そう考えれば、果たして子供たちが非常階段を使って上り下りをするだろうか、もしくは6階から7階へ向かう踊り場付近で、子供たちを遊ばせる親がいるのだろうか、どちらもないと思ったのです。

これはここを通った大人が、何らかの理由で、偶然に落とした物であると考えた方が、自然だろうと考えました。その時、僕の中で今までモヤモヤとしていた謎が解けた気がしたのです。もし今回の事件も王女蜂華が関係しているのであれば、彼女が落とした物かも知れないと思ったのです。

彼女がもし相田祐一さんを訪ねるとしたら、正面玄関から入ることはしませんよね。何故なら正面玄関には、必ず防犯カメラが取り付けてあるからです。ですから間違いなく、非常階段を使うはずです。もちろん帰りも同じように、非常階段を使い降りたことでしょう。その時に、何らかの手違いでこの容器を落としてしまった。

　しかし彼女の身長からすれば、どうあがいても届かない距離に転がってしまった。ですからそのまま放置して降りてしまったのです。僕の手の長さでも届かない距離でしたが、僕は手よりも長い足を使って、何とか取ることができました。

　このガチャガチャの入れ物こそ、王女蜂華が仮死状態にしたオオスズメバチを運ぶときに使用していた、容器《うつわ》だったのです。須崎課長、後で鑑識課の方にお願いして、この容器の中に付いている成分を、調べてもらってください。多分、外側には指紋など付いていないと思います。王女蜂華も、そこまではバカではないでしょうから。しかし中には、オオスズメバチの何らかの成分が付いているはずです。宜しくお願いいたします」

　そう言うと、中野はチョコンと頭を下げた。

　そしてビニール袋ごと須崎に手渡したのである。

「王女蜂華は、何らかの理由をこじつけてこの部屋に訪ねて来ました。多分、遺産の件で相談したいとでも言ったのだと思います。そして祐一さんの隙《すき》を突き、祐一さんがアナフィラキシーショックを引き起こしてしまう素材である小麦粉か蕎麦粉を与えました。どのように他の食材に混ぜたのかは、僕にもわかりません。

ですが、王女蜂華は計画通り、祐一さんを殺害できた訳です。

あとは、自分が来訪した証拠を全て消して、この部屋から出て行ったのです。もちろん事故死に見せかけるために部屋を密室にしました。その方法ですが、ここでも王女蜂華はオオスズメバチを使ったのです。

この部屋は須崎課長も調べられた通り、入り口の全てが施錠されていて密室でした。

そして玄関のドアを開け閉めしたと思われる鍵は、殺された祐一さんの右手の先に落ちていました。つまり何らかのトリックを使い、ドアの鍵を外側から掛けて、このリビングまで戻すことができれば、密室は密室ではなくなる訳です。

僕なりにこの部屋の出入り口を全て見てみましたが、トリックが使える可能性があったのは正面の玄関ドアだけでした。それは玄関ドアの下に空いていた2㎝ほどの空気取り込み用の隙間です。あの隙間ならば鍵は通せると思いました。王女蜂華は、ここでも仮死状態にしたオオスズメバチを使ったのです。

まず初めに、仮死状態のオオスズメバチを白い糸で結《ゆ》わいて玄関に置いておきます。次にその糸の先を、入り口の下にある隙間から外に出します。そっと扉を開けて、外に出てから鍵で施錠します。その鍵を先程の糸先に一度だけ軽く結《むす》んで、扉の下の隙間から今度は部屋の中へと押し込みます。やがて仮死状態から目覚めたオオスズメバチは、リビングの方へと飛び立ちます。一度だけ結んだ鍵は、途中で何かに引っ掛かり、解けて落ちてしまいます。落ちたところが、偶然にも祐一さんの右手の先だったのでしょう。そして最後にオオスズメバチは、ベッドルーム上部に空いていた、エアコンのパイプ穴から、外へ出て行ったのです。その時、たまたまパイプ穴の縁に白い糸が絡まり、途中から千切れてしまった訳です。それが先程、須崎課長に取って頂いたその白糸になります。

ここで問題になるのが、そんなに上手くオオスズメバチがエアコン用の穴を見つけて外へ出て行けるものなのかということですが、この部屋であればそれが可能でした。何故ならば玄関先にも、そしてリビングにも、オオスズメバチが嫌うハーブの香りを出す月桂樹が置かれていたからです。

オオスズメバチは必然的に、月桂樹の香りのしない方へ、香りのしない方へと飛んで行きます。ですからこの部屋の場合でいえば、ベッドルームです。そして最終的には、エアコン用の穴を見つけて外へ消えていった訳です。

鍵にキーホルダーなどの飾りが付いていなかったのは、王女蜂華が取り外したからです。それはもちろん軽くして、オオスズメバチが運べるようにするためです。きっと鍵に付いていたキーホルダーは、王女蜂華が持ち去ったのだと思います。もちろんどこかで処分したに違いありません。これが僕の推理した密室の答えです。どうでしょうか？……」

須崎は聞き終えても、難しい顔をしていた。

そして落ち着いた口調で、一語一語区切りながら、

「そ・の・よ・う・な、考え方もできるということだよな。確かに、その考え方ならば、一応筋は通っている。だがな、どれもこれだという証拠はなく、王女蜂華が犯人である決め手にはならない。あくまでも中野ちゃんが推理した架空の話であり、普通で考えれば、どの事件も事故死と見た方が、もっともらしく思えるものだ……悪く言えばだがな。

証拠のない状況で、中野ちゃんの話だけを聞いたならば、探偵が自分の興味本位で無理矢理殺人事件にでっち上げたように見られてしまうよな。それで、どうなんだ？　中野ちゃんの探偵としてのカンは、今回の事件について、王女蜂華が間違いなく犯人だといっているのか？」

そのように問い掛けられた中野は、自信なさげに俯《うつむ》いてしまった。

「はい、それが今回に限り、僕のカンがあまり働かないのです。王女蜂華が事件

に関わっていることは確かなのですが、今、僕が話した推理が全て正しいのかと問われれば、正直いって自信はありません。自分の目で見た結果から、僕の経験値より推理した答えです。でも、どうしたのでしょうか？……僕の第六感は……」

それを聞いて、須崎がニヤリと笑った。

「中野ちゃんよ。いずれそういう壁にぶち当たると俺は思っていたよ。中野ちゃんは、俺と最初に会ったときから、長年刑事をしてきた者と同じくらい事件に対するカンが鋭く研ぎ澄まされていた。それは中野ちゃんが持って生まれた天賦の才だと思う。だがな、ここまで探偵を続けてくると、俺とだけでなく、他からも沢山の事件を依頼され、予想以上の経験を積み重ねてきたことになる。そうするとだな、逆にその経験値が己《おのれ》のカンの邪魔をして、わからなくなるときも、あるもんなんだよ。それがまさしく今回の事件で、出たというわけだ。だから中野ちゃんが今までと違い、自信なさげに俺に説明をしていた。でもな、ここは先輩として、俺から一つアドバイスをしてやろう。

いいか、中野ちゃん！　迷ったときの最後は、それでも己のカンを信じるんだ。どんなに経験値が邪魔をしてもだな、最後の最後に信じて後悔しないのは、己のカンだけなんだ。それだけは、心に刻んでおけよ！」

最後は優しく、そのように諭《さと》してくれた。

中野は顔を上げて、力なく微笑み、

「はい、須崎課長！　アドバイス、ありがとうございました！」

と、返したのである。

「やはり、このままでは埒《らち》が明かぬから、中野ちゃんのカンを信じて、明日にでも王女蜂華の住むマンションへ、乗り込んでみるとするか。それには彼女の勤務状況を知っておいた方がいいだろう」

須崎はそう言うと、自分のスマホを取り出して取手署に連絡をし、捜査課の南沢巡査部長を呼び出すと、

「おおっと南沢か、俺だ、須崎だ。ちょっと悪いが、相田総合病院へ連絡をして、外科の看護師である王女蜂華の勤務体制を調べてくれ。王女蜂華の休みの日時が知りたいんだ。そうだ、わかったら俺のスマホに連絡をしてくれ」

それから待つこと10分で、南沢から折り返し連絡があった。

「そうか、今夜の18時から、明日の18時までが非番（警察用語）となるわけだな。ありがとう！」

須崎は電話を切ると、中野を見て、

「明日の朝なら、間違いなく王女蜂華は自宅に居るだろう。中野ちゃん、明日の朝8時に俺が中野ちゃんを迎えに行く。アポなしで飛び込むのが今回は正解だろうからな。中野ちゃんが一緒に行けば、王女蜂華は必ず俺たちを部屋の中に入れなければならないからな。

それでも部屋の中に入れないようだったら、お上《かみ》（警察のこと）の権力を使い、力ずくで入ればいいだろう。そうすれば、オオスズメバチを飼育するための設備や液体窒素などの証拠品を見つけられるに違いない」

中野は大きく頷くと、

「わかりました。明日の朝8時ですね。お手数をお掛けいたしますが、宜しくお願いいたします」

それでその日は、お開きとなった。

中野は、自宅に戻ってきた。

そして妻の亜門に再び連絡をして、明日の午後には迎えに行けるだろうと伝えた。

〈6〉

6月21日、日曜日の朝である。

午前8時を少し過ぎた頃、約束通り須崎が愛車のユーノスコスモで迎えに来てくれた。

車から降りることもなく、運転席に座ったまま窓を開けて中野に声を掛けた。

「中野ちゃんよ、おはよう！　用意ができたら、行こうじゃないか！」

中野は、捜査時にいつも持ち歩いている鞄を持ち、直ぐに表に出て行った。

「須崎課長、おはようございます。すみません、わざわざ迎えに来て頂きまして」

2人は挨拶が済むと、王女蜂華の住むマンションに向かって出発した。

取手市にある中野の自宅から牛久駅前にある王女蜂華のマンションまでは、車なら15分もあれば着く距離である。

走り出すと直ぐに、須崎が聞いてきた。

「中野ちゃんよ、俺にはよくわからんが、液体窒素などは素人でも簡単に手に入るものなのか？」

「はい、今ではネット通販などでも、簡単に手に入ります。安い物なら3千円ぐらいから買えるはずです。テレビの影響からなのか、料理で使う人が多いようですね。もちろんアイスクリームなどを作るときにも使うのでしょうが、果物や生鮮食品などを凍らせるときにも使用するようです」

「成る程な……そういうことか。誰にでも簡単に手に入るという訳か」

少しの会話を交わしただけで、車は王女蜂華のマンションの駐車場に着いた。

王女蜂華のマンションは牛久市田宮町にあった。

地理的にいえば、牛久駅から歩いても約5分ぐらいの距離にある。

駅側《えきそば》のため買い物などはしやすく、暮らすには適している場所だった。

そのマンションの5階の一室が、相田宗介氏から王女蜂華の母親に買い与えられたものである。

2人は正面の入り口に向かった。

入り口の脇には管理事務所があり、管理人が常駐しているようである。

このように管理人が居るだけでも、このマンションが安全な物件であることがわかった。

管理事務所に顔を出した須崎は、警察手帳を見せながら問い掛けた。

「5階に住んでいる、王女蜂華さんは在宅でしょうか?」

管理人は警察手帳を見て驚いてはいたが、直ぐに目の前にあるモニターを見て、

「はい、夕べ帰って来られてからは外出されていないと思いますので、部屋にいらっしゃるはずです。王女さんに、何かあったのでしょうか?」

不安そうに須崎に聞いてきたが、須崎は笑いながら、

「いや、ちょっと伺いたいことがあるだけですよ。どうもありがとう」

そう言って、管理事務所から出て来たのである。

須崎は中野に目で合図をすると、入り口の正面にあるエレベーターのボタンを押した。

中野は外に出ると非常階段に向かった。

須崎はマンションに一つしかないエレベーターで5階へと向かい、中野は一つしかない非常階段で5階へと上がった。

つまり王女蜂華が部屋に居た場合、もし仮にタイミング良く出掛けることになったとしても、必ず須崎か中野が出会うはずである。

中野は軽やかに階段を5階まで駆け上がっていく。

もちろん誰にも出会わなかった。

少しだけ息が切れたが、それでも中央にあるエレベーター、ホールに向かう頃には、いつもの息づかいに戻っていた。

ちょうどエレベーターの扉が開き、須崎が現れた。

須崎がニヤリと微笑みながら褒めてくれた。

「さすがだな中野ちゃん。5階まで駆け上がったぐらいでは息も切れないか」

2人は周りを見回すと503号室に向かった。

このマンションはワンフロアーに4部屋あり、それぞれエレベーターホールを中心にして4方向に配置されている。

503号室は方向的にはエレベーターホールの右側に位置していた。

503号室のドアには表札もあり、『王女』と書かれている。

中野が503号室のドアを3度ノックした。

そして大きめの声で名前を呼んだ。

「王女蜂華さん、中野です。捜査依頼を受けている中野浩一です。少しだけお話しがしたいので、ここを開けてください！」

そのまま少しの間待ってみたが、何の動きもない。

中野はもう一度ドアをノックしながら、同じ言葉を繰り返してみた。

「王女蜂華さん、中野です。捜査依頼を受けている中野浩一です。少しだけお話しがしたいので、ここを開けてください！　お願いいたします！」

しかしそれでも、部屋の中からは何の動きも感じられなかった。

中野は少し不安になりながら須崎を見て、

「彼女のスマホの番号を聞いていますので、電話を掛けてみます」

そう言うと自分の携帯電話を取り出し、王女蜂華のスマホに電話を入れた。

中野の耳には呼び出し音が聞こえているが、一向に王女蜂華は電話に出ない。

須崎は５０３号室のドアに耳を当てて部屋の中の音を聞いていたが、しかめっ面になって、

「中野ちゃんよ、最悪なことが起きているのかも知れんぞ。部屋の中で、スマホの着信音だけが鳴り響いているようだ。力尽くで、俺がこのドアを開けてもいいんだが、万が一の場合、後が面倒になるからな。この場合は管理人を呼んで、スペアーキーで開けてもらった方がいいだろう。俺が管理人室まで行って来るから、中野ちゃんはここで待っていてくれ」

須崎はドアから離れると、エレベーターホールに向かった。

中野は携帯を鳴らしながら、須崎のようにドアに耳を付けて部屋の中の音を聞いてみた。

確かに部屋の中から、微かではあるが着信音が聞こえている。

中野は三度《みたび》、ドアをノックしながら声を掛けてみた。

「蜂華さん、中野です、中野浩一です！　部屋に居るのなら、ここを開けてください！」

中野は先程よりももっと嫌な気持ちが過《よぎ》っていた。

5分もすると、須崎が管理人を連れて戻って来た。

「どうだ中野ちゃん、状況は変わらずか？」

「はい、呼んでも出ませんし、電話も取りません」

管理人もドアを叩き、王女蜂華の名を呼んだが、何の反応もなかった。

須崎と管理人が頷き合い、

「それでは警察の方立ち会いのもとですから、このスペアーキーを使って王女さんの部屋のドアを開けることにします。宜しいですよね？　……」

管理人は不安な顔をして、声も少し震えていた。

きっとこのような形でスペアーキーを使い、部屋の扉を開けるのは初めてのことなのだろう。

須崎は、低く落ち着いた声で、

「はい、宜しくお願いします」と、答えた。

管理人は震える手でスペアーキーをガチャガチャと鳴らしながら、鍵穴に差し込むとそれを回した。

すると須崎が管理人に向かって、

「部屋に入っても、無闇に触らないようにしてください。貴方の指紋が付いた場合、後で迷惑を掛けることも考えられますので」

その言葉を聞いた管理人は顔を青くしながら、

「私は、ここで待っております……」

蚊の泣くように小さな声でそう告げると、一歩後退りをしたのである。

須崎は真剣な表情のまま、ポケットから白手袋を取り出し、それを両手に填めながら、

「まあ、その方が賢明でしょうな……」

と言い、先頭に立つと部屋の中へと入って行った。

中野も鞄の中から使い捨てのゴム手袋を出して装着すると、須崎の後に続いた。

部屋の中は明るく、女性の部屋らしく良い香りがした。

ドアを入ると右側にキッチンがあり、その正面にバスやトイレがあった。

奥の右側がリビングになっており、そこには予想していたとはいえ、たて80cm×よこ120cm×高さ80cmぐらいの大きな巣箱が鎮座していた。

しかしその巣箱の中では、沢山のオオスズメバチが死んでいた。

その数は、大凡《おおよそ》20匹以上もいた。

そして巣箱の入り口が、何故だか僅《わず》かに開いていたのである。

須崎がそれを見て、「ううむ」と唸っていた。

巣箱の横には、高さが40cmほどの見慣れない金属で出来た円柱形の容器が置いてあった。

中野はそれを手に取り、横に貼られていた説明用のラベルを読んだ。

「須崎課長、これは液体窒素の入れ物のようです」

リビングの中央には、座椅子が2脚と低いテーブルが置いてある。

座椅子の正面にはテレビボードが置いてあり、その上には煌びやかな着物を着た日本人形がガラスケースに入れられ飾られていた。

テーブルの上には、王女蜂華のスマホが置いてあった。

どうやらスマホはここで鳴り続けていたようである。

リビングの向かい側には、8畳ほどの和室があった。

和室の壁側には、和箪笥が三棹《さんさお》も置かれている。

その和室の先にある部屋が洋間だった。

それは窓際の部屋である。

つまりこの部屋の間取りは、2LDKだった。

そしてその洋間にはセミダブルのベッドが置いてあり、女の子らしいピンクのベッドカバーが掛かっていた。

どう見ても中央が人型に膨れている。

そこに誰かが眠っていることが見てわかった。

中野は、リビングから少し大きい声で声を掛けてみた。

「蜂華さん！　王女蜂華さん！　そこで眠っているのは、蜂華さんですよね！」

しかし、ベッドに横になっている人型はピクリとも動かなかった。

須崎は白手袋を強く引っ張り、キッチリと填め直すと、中野を見て頷いた。

中野も了解しましたと、須崎を見て頷いた。

須崎はベッドのそばまで行くと、ピンクのベッドカバーの上側を掴み、勢いよく捲《めく》った。

するとそこにある物を見た須崎は、一瞬、後退りをした。

須崎ほどの怖い物知らずの漢《おとこ》が、思わず後退りをする姿など滅多に見られるものではない。

中野も洋間に入り、ベッドの上を見る。

ベッドの上には予想通り、王女蜂華が横たわっていた。

仰向けの蜂華は両目を見開き、苦しそうな表情のまま息絶えていた。

ピンクのパジャマを着ていたが、着衣の乱れはなかった。

その蜂華の胸元では、5～6㎝ほどの奇妙なものがモゾモゾと動いていた。

須崎は、それを見て怯《ひる》んだようだ。

目を凝らしてそれを見る中野に、須崎が溜息まじりに教えてくれた。

「中野ちゃんよ……こいつがオオスズメバチの本物の女王蜂だ。巣箱の中で死んでいた他のオオスズメバチに比べたら、一回りほど大きいことがわかるだろ。オオスズメバチにしろミツバチにしろ、人を刺すのは雌《めす》だけらしいからな。王女蜂華が女王蜂を気取り、仲間を次々と殺していくのを本物の女王蜂は許せなかったのだろうよ。

女王蜂も元は普通の雌だからな。人を刺す針は持っていたのだろう。一度、オオスズメバチに刺されてアレルギー体質になっていた王女蜂華は、眠っている間に女王蜂から攻撃された。そのために、特効薬を打つ間もなく息絶えてしまったようだ。どこの世界でもそうだが、本物の女王蜂は一匹だけだということだ……」

須崎と中野が見つめる先で、本物の女王蜂が誇らしげに羽を震わせていた。

〈了〉

躑躅屋敷《つつじやしき》

〈1〉

ツツジ（躑躅）は、ツツジ科の植物であり、ツツジ属の植物の総称である。

ツツジには低木から高木まで多種多様であり、葉においても常緑または落葉性のものもあり、葉の付き方は互生《ごせい》※で、果実《かじつ》は蒴果《さくか》※である。

花は主に4月から6月にかけて、漏斗型《ろうとがた》の花を枝先に数個付ける。

花の色はピンク、赤、白、オレンジと、人間の目には優しい色合いが多い。

花の形は特徴的で、先端が五裂《ごれつ》している。

夏前の時期になると、ツツジは可憐な花を一斉に咲かせ、私たち人間の心を和ませてくれる。

そしてその花には、花片《はなびら》の下に蜜がある。

殆どのツツジの蜜は甘く、害はない。

人間が吸っても、問題はない。

書　名				
お買上書　店	都道府県	市区郡	書店名	書店
			ご購入日	年　月　日

本書をどこでお知りになりましたか?

1.書店店頭　2.知人にすすめられて　3.インターネット（サイト名　　　　）

4.DMハガキ　5.広告、記事を見て（新聞、雑誌名　　　　）

上の質問に関連して、ご購入の決め手となったのは?

1.タイトル　2.著者　3.内容　4.カバーデザイン　5.帯

その他ご自由にお書きください。

（　　　　）

本書についてのご意見、ご感想をお聞かせください。

①内容について

②カバー、タイトル、帯について

弊社Webサイトからもご意見、ご感想をお寄せいただけます。

ご協力ありがとうございました。

※お寄せいただいたご意見、ご感想は新聞広告等で匿名にて使わせていただくことがあります。

※お客様の個人情報は、小社からの連絡のみに使用します。社外に提供することは一切ありません。

郵便はがき

料金受取人払郵便

新宿局承認

3970

差出有効期間
2022年7月
31日まで
(切手不要)

160-8791

141

東京都新宿区新宿1-10-1

(株)文芸社

愛読者カード係 行

ふりがな お名前		明治 大正 昭和 平成	年生 歳
ふりがな ご住所	□□□-□□□□		性別 男・女
お電話 番 号	(書籍ご注文の際に必要です)	ご職業	
E-mail			
ご購読雑誌(複数可)		ご購読新聞 新聞	

最近読んでおもしろかった本や今後、とりあげてほしいテーマをお教えください。

ご自分の研究成果や経験、お考え等を出版してみたいというお気持ちはありますか。

ある　ない　内容・テーマ(　　　)

現在完成した作品をお持ちですか。

ある　ない　ジャンル・原稿量(　　　)

しかし、毒性の強いグラヤノトキシン（神経性の毒）を持つ種類も、この日本には存在した。

特に庭木として利用されることの多いレンゲツツジは有毒植物であり、事故を避けるためには注意が必要である。

レンゲツツジについては、花片にも毒が含まれており、安易に蜜を吸うことは危険である。

レンゲツツジの花の色は、オレンジ系の朱色《しゅいろ》だった。

3月7日土曜日、夕方の5時を過ぎていた。

その日は朝から天気も良く、春本番の日差しが感じられる一日だった。

但し午後からは北風が強くなり、日差しの割には暖かさが半減されてしまったのは、少しだけ残念であった。

しかし、店開きには最高のお天気だったといえよう。

この日、私立探偵の中野浩一《なかのこういち》（33歳）は、茨城県稲敷市古渡《いなしきしふっと》に新しくオープンした道の駅『古渡ふるさと村』において、隠密での警備を頼まれ、やって来ていた。

それは中野の元婚約者である神山華《かみやまはな》から、依頼されたものだった。

『古渡ふるさと村』とは、稲敷市と鹿嶋市が共同で開発を進めていた、道の駅の名称である。

稲敷市で収穫できる野菜や山の幸、それと鹿嶋市で収穫できる果物と海の幸、その両方を販売する、中規模程度の道の駅だった。

その他にも地元で採れるカボチャを使った創作料理や、カボチャアイスクリームなども販売されていた。

位置的には、首都圏中央連絡自動車道の稲敷インターチェンジからもアクセスしやすいため、それなりの集客も見込まれていた。

上手く事業が進めば、今度は鹿嶋市にも2号店を作る計画だった。

つまり『古渡ふるさと村』とは、茨城県南部において特殊な道の駅のモデルケースとして誕生した1号店だったのである。

しかしそれをよく思わない輩《やから》も多数存在するようで、ネットなどには脅しの脅迫文なども書き込まれていたのも事実である。

そのために『古渡ふるさと村』の代表である榊真一《さかきしんいち》氏（36歳）が、大学の同じ学部に通っていた神山華を通して、私立探偵の中野浩一に依頼してきたのである。

榊氏は初の試みとなる道の駅のため、警察官の姿がチラつくのはお店としてマイナスになると判断をした。

そのため、私立探偵の中野浩一に、白羽の矢を立てたという訳である。

探偵である中野浩一の存在は、今ではマスコミを通じて有名になっていた。

マスコミの間では〝リアル・シャーロック・ホームズ〟の名でも呼ばれている。

身長178㎝、体重73㎏、中肉中背のまあいい男である。

格闘技としては、ボクシングに長けていた。

だから、どうしても店の初日を無事に終えたい榊真一は、警備を中野浩一に頼んだ訳だった。

中野は『古渡ふるさと村』が開店する早朝の8時前から、客を装い周辺を警備していた。

不審な動きをする者に目を光らせていたのである。

そして閉店となる夕方の5時を過ぎたところで、この日は目出度くお役御免となった。

結局、この日は何事もなく、大入りの大成功で終わることができた。

榊氏からも感謝の言葉が述べられ、中野は帰路に就くつもりでいた。

しかしこの日は運悪く、朝の出掛ける間際になり愛車ジムニーのエンジンが不調になったため、牛久駅からコミュニティバスを乗り継いでこの場所まで来ていたのだった。

だから帰りも、稲敷市が運営するコミュニティバスを待ち、牛久駅まで戻るつもりでいた。

ところがである、そこに思いがけない助け船が用意されていた。

『古渡ふるさと村』で小型のバスを手配してくれて、牛久駅まで送ってくれることになったのである。

中野が指示された駐車場で待っていると、中野の他にも同じように牛久駅まで帰る客が何人かいて、同乗するようだった。

中野よりもいくらか若い会社員風の男女が1組、大学生に見える男女が1組、それと高校の制服を着た男女が1組、ダークグレーの作業服を着て作業帽を目深に被った女性が1人、中野を含めると都合8人が乗車してきた。

小型のバスは、20人ほどが乗れる大きさだった。

中野はバスの真ん中あたりに座った。

すると作業服の女性は、何故か中野から遠ざかるようにあえて一番後方の席に座ったのである。

中野の前には、会社員風の2人が座り、その横に大学生の2人、その後ろに高校生の2人が座った。

全員が席に着くと、バスは直ぐに出発した。

このぶんならば家には18時半ぐらいまでには戻れるだろうと、高を括《くく》ってウトウトとしてしまった。

中野浩一にしてみれば、それはとても珍しいことだった。

しかし後になりわかったことなのだが、それは仕組まれた罠だったのである。

いつの間にか、バスの運転手以外の乗客は全員が眠っていた。

バスの運転手だけは、何やら怪しいガスマスクを着けており、そのおかげで眠らずに済んだ訳である。

バスは途中から牛久駅に向かう路を外れて、山の奥へと向かって進んで行く。

中野は自分の身体がビクッと動いたことで、ようやく目が覚めた。

そして気が付いたのである。

今、自分が乗っているこのバスは、どこかの古い建物の中に停まっているのだと……。

周りを見回すと、最初にバスに乗り込んだときと乗客の数は変わっていなかった。

唯一、運転手だけが見えなくなっていた。

バスの窓からは、古い煉瓦の壁だけが紅く見えている。

それはまるで、どこかの倉庫のようにも感じられた。

倉庫内には幾本もの蝋燭《ろうそく》が灯っているようで、見渡す限り暗い印象などはなかった。

灯りだけがユラユラと揺れていて、蝋燭の灯火《ともしび》だと告げている。

中野は咄嗟に携帯電話を探ってみたが、それは胸のポケットにちゃんと入っていた。

しかし携帯電話の画面を開いてみると、圏外と表示されている。

「倉庫の中だから、圏外なのか？　それとも位置的に圏外の場所なのか？……」

次に身体を動かしてみたが、何も拘束されてはおらず、自由に動けることがわかった。

それだけでもだいぶ、落ち着くことができた。

中野の次に目を覚ましたのは、一番後方に座っていた作業服の女性だった。

実を言うと中野は、その女性がバスに乗車し、中野の横を通り過ぎて後方の席へ向かうとき、既に女性の正体に気が付いていた。

女性はいつもと違うように変装をして、香りも消していたのだろうが、身体の芯に染み込んでいる香りまでは消せていなかった。

微かな……本当に微かな甘い香りに、中野は気が付いていた。

それは探偵・中野浩一だからこそ、気付けた香りなのかも知れない。

シャネルの№5……この香水を日頃から身に付けている若い女性とは、中野の知る限り2人しかいない。

1人は、あの伝説の女優・マリリン・モンローである。

そしてもう1人とは……だから気付けたのかも知れない。

けれどもその女性は、何か訳があって変装までしているのだろうし、あえて向こうからも声を掛けてこないのだから、気が付かない振りを続けることにした。

その次に目覚めたのは、高校生の男の方だった。

男子高校生は目覚めると周りを見回して、隣でまだ眠っている女の子の肩を揺すりながら、大声を上げげた。

「あれ〜、ここは牛久駅じゃないぞ！　オイ、芙美子《ふみこ》！　芙美子ってば、何だかヤバイことになってるぞ！」

その声につられて、芙美子と呼ばれた女の子も、その前の席に座っている大学生の2人も、その横に座っている会社員風の2人までも、目を覚ました。

「邦《くに》ちゃん、ここは何処なの？　牛久駅じゃないの？　芙美子怖いよ〜」

高校生の女の子、芙美子が可愛らしい声で隣の男の子にしがみついていた。

中野はその声を聞きながらも、目の前に座る会社員の2人、その横に座る大学生の2人のことを鋭い眼差しで観察していた。

中野の眼には、不可解に映ったことがある。

しかし何も言わずに、このあとどのような行動を誰が開始するのか、それを見極めることにした。

すると会社員風の男性が、自分の頭を左右に振りながら隣の女性に声を掛けた。

「荒川さん、どうやら僕たちは見知らぬ洋館に拉致されてしまったようですね」

そう言うと、鞄からスマホを取り出しそれを確認しながら、

「ここではスマホも繋がらないようです」

と呟き、スマホを再び鞄にしまった。

その声に、隣の大学生の2人も、高校生の2人も、自分たちのスマホを取り出し確認していたが、やはり圏外が表示されていたようである。

会社員風の男が周りを見回しながら、

「皆さんのスマホも繋がらないようですね。これじゃあ、警察には電話できません。取り敢えず全員で、バスを降りてみませんか?」

そう誰に言うともなく提案すると、隣の女性の手を引きながら、恐る恐る前のドアから降りていった。

直ぐに大学生の2人も、高校生の2人も、それに続いて車外に降りていく。

一番後ろにいた作業服の女性も、降りるため中野の横を通り過ぎようとした。

そのとき、前を見たまま中野にだけ聞こえるように呟く。

「何だか、不味いことに巻き込まれてしまったみたいね。ここでは、貴方は本名を名乗らずに、チュウヤさんと名乗って頂戴。その方が、いいと思うの。そして私は……そうね、マキとでも呼んでくださる。上手く、私の演技に付き合ってくださいね」

そう告げるとそのまま降りていった。

そして中野も、自分のことをマキと呼べと指示した女性に続き、バスの外に降りていったのである。

※互生とは、植物の葉が茎の一つの節に1枚ずつ方向を変えてつくこと。
※蒴果とは、果実が乾燥し裂けて種子を放出すること。

〈2〉

バスから降りて、その場所を見回してみると、そこは古びた洋館のようだった。洋館の大きな広間に、バスは停められていた。床の部分には、一面にタイルが張られていた。それはよく見れば、柄が入った水色のようだが、あまりにも古く埃にまみれているため、どんな図柄が描かれているのかはわからなかった。

所々にヒビや割れがあり、何度も補修された跡が見て取れた。

四方の壁には、赤茶けた煉瓦が規則正しく積み重ねられていたが、その煉瓦はどれも古い代物だった。

部屋の広さは、大凡《おおよそ》60畳（12ｍ×８ｍ）ほどもあり、縦横の長さがいくらか違うので、部屋の形自体は長方形だった。

その中央にバスは停まっていた。

部屋には窓などなく、全ての壁は天井まで煉瓦で塞がれている。

よく見れば天井までもが、赤茶けた煉瓦でアーチ状に組まれている。

部屋の四隅に４本、縦方向の長い壁には３本ずつ計６本、合計で10本もの百《ひゃく》目《め》蝋燭《ろうそく》※が壁に造り付けられた燭台《しょくだい》の上で、ユラユラと灯っていた。

だから部屋全体の暗さは感じられなかった。

しかしそれ以外に電灯などの灯りは見られなかった。

バスの後方がどうやら入口のようで、両開きの大きな鉄の扉が、ガッチリと閉められている。

その鉄の扉には取っ手も鍵穴さえも付いていなかった。

停まったバスの前方の壁には、先の部屋へ進むためのものなのか、大きさは普通のドアと変わらないがやはり鉄でできた頑丈な扉が、右、中央、左と3ヶ所に造られている。

この洋館には、まだ先に部屋があるのかも知れない。

入口から見て左側の壁には、石でできた大きめの流し台が2台並んで置かれている。

それぞれ2つずつ蛇口が付いてはいるが、ひどく錆び付いていて使えそうもなかった。

右側の壁には、会議室で使うような長方形のテーブルが2つと、パイプ椅子が4脚置いてあった。

それ以外には、何もない部屋である。

部屋全体は何となく、横浜にある赤レンガ倉庫のようにも感じられた。

中央に停められたバスの存在がなければ、それなりに広い部屋に感じられたであろう。

4組の男女は、それぞれ部屋を一通り見て回ると、自然にテーブルの前に集まってきた。

チュウヤ（中野のこと）とマキは、ほかの3組の男女から少し離れて様子を窺っていた。

するとと会社員の男が、自己紹介方々《かたがた》自分の意見を話し出したのである。

「どうやら我々は、何かの理由で監禁されてしまったようです。ここではスマホも繋がらないですし、助けを呼ぶこともできません。ですから我々は一致団結して、この状況を打破いたしましょう。

私は棟方謙治《むなかたけんじ》と申しまして26歳です。こちらの女性は、僕の知り合いの荒川《あらかわ》凛々子《りりこ》さんです。歳は僕より1つ下です。もし宜しければ、皆さんのことも教えてください」

そう言って、大学生の2人を見た。

大学生の男は少し考えていたが、戸惑いながらも、

「僕は、榊和眞《さかきかずま》20歳です。そしてこちらの女性は、僕のフィアンセである白石《しらいし》美雪《みゆき》さんです。歳は僕と同じ20歳です」

そう紹介すると、榊の隣に居た白石美雪は困った顔をした。

「和眞君たら、こんな時にそんな言い方しなくてもいいじゃない」

小声でそう言うと、繋いでいる和眞の手を軽く振った。

和眞は、美雪を見て「大丈夫だよ」と返していた。

次は、高校生の男の子が照れながら、

「あのう~僕は間島邦彦《まじまくにひこ》18歳です。隣の女子は、僕の彼女の佐倉芙美子《さくらふみこ》ちゃんです。同じ高校の同級生です」

紹介された佐倉芙美子は、彼女と呼ばれたのが嬉しかったのか、この状況なのに微笑みながら照れていた。

そして最後に、チュウヤが自己紹介をしようとすると、マキがしゃしゃり出てきて、

「私はマキ、カタカナでマキです。年齢は非公開になってま~す。そしてこちらの男性は、チュウヤさんです。チュウヤのチュウは国定忠治の忠の字を書き、屋根の屋を書いて、忠屋と読みます。年齢は確か30歳を少し過ぎています。もうおじさんで~す！」

少し戯《おど》けながらそう説明してくれた。

チュウヤは、マキが中野を音読みにしてチュウヤと呼んだのであろうと思った。

しかし漢字まで考えていたのには、少しだけ笑ってしまった。

これで、ここに捕らわれた者たちが全て出揃ったことになる。

取り敢えずそれを書き記しておこう。

棟方謙治：26歳　荒川凛々子：25歳（2人の関係は友人）
榊和眞：20歳　白石美雪：20歳（2人の関係は婚約者）
間島邦彦：18歳　佐倉芙美子：18歳（2人の関係は恋人）
忠屋：30歳過ぎ（実際は33歳）　マキ：年齢非公開（2人の関係は秘密）

この4組の男女が、古い洋館に監禁されてしまった訳である。

チュウヤは皆の自己紹介を聞いて、大学生の榊和眞に近寄り耳元で問い掛けてみた。

「榊君、君ってもしかしたら、『古渡ふるさと村』の代表である榊さんの親戚か何かなのかな？」

榊は一瞬、驚いていたが、直ぐに人懐っこい笑顔を見せると、

「はい、真一叔父さんは、僕の父の弟です」

そう答えてくれた。

中野が頷いていると、マキが右袖を引っ張り、壁の右側の隅まで連れ出した。

そして、壁の上部から下がっている古い板を指差したのである。

その板は大きさが幅40㎝、長さが1mぐらいの代物だった。とても古い板のようで、表面は黒く煤《すす》けている。

その表面には何か文字が書いてあるようだが、ちょっと見ただけではわからなかった。

板自体は直接、壁にフックのような物でしっかりと留められている。

「ねえ、チュウヤさん、この板に何か文字が書いてあるようだけど、この漢字は何て読むのかしら？　私は見たことがないわ。でも、古い日本語のようよね。○○屋敷って書かれているでしょう？」

その板には黒墨で次のように書かれていた。


『躑躅屋敷　昭和壱拾六《じゅうろく》年三月九日　完成』


チュウヤはそれを見て、マキに教えてあげた。

「これは、決して古い日本語ではないです。今でも普通に使われている、ちゃんとした漢字ですよ、マキさん。『つつじやしき』と書いてあるのです。この漢字は、五月になると可憐な花を咲かせる、あのツツジのことを指しています。今では漢字で表記するよりも、カタカナで表記することの方が一般的ですけどね」

マキは、それを聞いて驚きながら
「ええ～そうなの！　この不気味そうに見える漢字が、あの綺麗な花を付けるツツジのことなの？　信じられないわ！」

「何でも、中国から伝わったらしく、羊でも食べずに逃げ出すことから、躑躅という漢字が宛がわれたようですけど、僕も詳しくは知りません。まあ、確かにマキさんの言う通り、不気味に見えますよね」

そんな2人の会話が聞こえたのか、棟方謙治までが寄ってきてその板を見つめていた。

そして驚きと恐怖の入り交じった表情になり、少しだけ震えた声で、

「ま、ま、まさか……ここがあの都市伝説で有名な躑躅屋敷だとは……」

と、絶句していた。

チュウヤは素知らぬ顔をしたまま、しかし実際には鋭い観察眼を使い棟方謙治を見つめながら、

「何ですか、都市伝説で有名な躑躅屋敷とは？」

そう問い掛けてみた。

棟方謙治はチュウヤをチラッと見てから、何故だか視線を他の者たちに向けると、わざと全員に聞こえるように少し大きめの声で、

「それはですね、戦時中、陸軍の毒薬研究所として使用されていた建物の名称です。そのようにネットの中では説明書きがありました。何でもその屋敷の庭では、レンゲツツジが咲き乱れていたそうです。そのレンゲツツジから採取できるグラヤノトキシン、つまり神経性の毒のことのようですが、その毒について実験を繰り返していたと書かれていました。

それはもちろん、人体実験も含まれていたみたいです。戦時中の捕虜に対して、グラヤノトキシンを投与したのです。グラヤノトキシンを大量に摂取すると、嘔《おう》吐《と》、目眩《めまい》、四肢痙攣《ししけいれん》、そして呼吸困難に陥り、やがて中毒死するようです。それ故、投与された捕虜は、幻覚を見ながら発狂し亡くなりました。遺体は屋敷の庭に埋められ、新たなレンゲツツジを栽培する肥料にしたと書いてありました。

そのため、真夜中に躑躅屋敷の前を通ると、哀しげな泣き声や苦しげな呻《うめ》き声が、今でも聞こえてくるということです。その躑躅屋敷は現在でも、茨城県南部に存在していると書いてありました。ですからきっとここが、躑躅屋敷に違いありません！」

興奮しながら、顔を引きつらせてそう説明した。

それを遠くで聞いていた高校生の佐倉芙美子だけが、可愛らしい声で「キャッ」と悲鳴を洩らしていた。

すると今度は、棟方の説明を聞いた榊和眞が、白石美雪の手を引きながら、板の前までやって来た。

そしてその板をまじまじと見つめながら白石美雪の耳元で、

「美雪さ、美雪も聞いただろう。この前、恵理が僕たちに話してくれたじゃないか、躑躅屋敷のこと。覚えてないかい？」

白石美雪は小首を傾げながら、少し考えると
「恵理って、同じ学部の等々力《とどろき》さんのことよね。等々力さん、そう言えば躑躅屋敷について、熱心に話してくれたことがあったわね。でも私その時は眠かったから、ちゃんと聞いてなかったの。和眞君はちゃんと聞いていたんだね。私は今、和眞君に言われるまで何も思い出さなかったわ」

少し申し訳なさそうに　そう答えていた。

「そうか美雪は、ちゃんと聞いてなかったのか……確か恵理は、躑躅屋敷は今でも取手市のどこかにあるって、曰《いわ》く付きのとても怖い場所だと言っていたよな。

その躑躅屋敷がここなら、ヤバイ場所なのかも知れないな……」

榊和眞が不安げに、呟いたのである。

その横でチュウヤは、みんなの話す内容を一つ一つ頭の中で整理して、その全体像を組み立てていた。

チュウヤからすれば、それはそれで日頃から探偵稼業として行っていることなので、もちろん無意識の中で話の流れを組み立てていただけである。

高校生カップルの2人はどうして良いのかわからずに、手を繋いだまま震えていた。

チュウヤは榊に対して、また質問をした。

「榊君はいつ頃、躑躅屋敷のことをその等々力恵理さんから聞いたんだろう。最近かな？　……それともかなり前のことかな？」

榊和眞はチュウヤを見ると、直ぐに答えた。

「つい最近ですよ。ええと、正確に言えば3日前の昼休みでした」

チュウヤの瞳が一瞬だがキラリと光った。

それをチュウヤの横に居たマキだけは見逃さなかった。

その時だった！

部屋のどこからか、ガガガガガと、スピーカーの壊れたような音が聞こえてきたのである。

音が四方から聞こえるので、はじめのうちはとても聞きづらかった。

しかし音量を調整したのか、少しずつ聞こえるようになってきた。

それはまともな人の声ではなく、どこか気味の悪いしゃがれた声で、全員に向かって話し掛けてきた。

その声は男女の区別さえ付かず、中性的な声にも聞こえる。

「よ、よ、ようこそ……躑躅屋敷へ……私が、この躑躅屋敷の主《あるじ》、蓮華《れんげ》でございます。皆さまは、全員囚《とら》われの身となりました。お目出度うございます！　若干、お呼びしていない方々もいらっしゃるようですが、この際だからまとめて歓迎いたしましょう。先に申しておきますが、この屋敷では携帯電話やスマートフォンは使用できません。ですからこの屋敷から脱出するには、己《おのれ》の知恵だけが頼りになるのです。これから私が、問題を5問お出しいたします。全問正解ならば、この躑躅屋敷から無事に脱出できます。けれども1問でも間違えれば、皆さまの命はないと思ってください。

ちょうど4組のカップルができているようですから、2人一蓮托生で問題を解いてくださいませ。後ろ側に扉が3つあるのがわかりますよね。一番左の扉は、トイレです。一番右の扉の奥には、簡単な食事と飲み物が置いてあります。どうぞお召し上がりくださいませ。もちろん毒などは入っておりませんから、その点はご安心ください。そして真ん中の扉を開くと小さな小部屋があり、テーブルが1つ置いてあります。そのテーブルの上には、黒電話があります。受話器を持ち上げれば、私に通じます。その黒電話で答えを言ってくだされればいいのです。簡単でございましょう。

けれども小部屋には、必ずカップルの2人で来てください。もし3人以上で入りましたら、どちらの組も失格となります。おわかりですか？　これがこの躑躅屋敷のルールでございます。30分後の20時になりましたら、最初の問題を読み上げますので、それまではどうぞ軽食を取るなり、トイレを済ませるなり、お寛《くつろ》ぎくださいませ。皆さまにとりましては、この世の最後の食事になるかも知れませんのですからね……」

どう考えても、その声の主は女性だった。

それを聞いた棟方と荒川のカップルも、榊と白石のカップルも、高校生のカップルも、顔が青ざめて恐怖に震えていた。

しかし何故かチュウヤだけは、ニヤリと微笑んでいた。

そして一人で後ろのドアに向かい、左の扉を開けて洋式のトイレがあることを確認すると、次は中央の扉を開いて小部屋の様子を確認していた。

そして最後に右側の扉を開けて中に入ると、直ぐに出て来たのである。

チュウヤはその手に、菓子パンの袋2つと、ペットボトルのお茶を2本持っていた。

その様子を、他の3組のカップルも黙って見つめている。

チュウヤは右側のテーブルの前からパイプ椅子を1脚掴むと、マキのそばまで持ってきて、マキに座るように言った。

「マキさん、どんな問題が出されるのかはわからないですけど、5問と言ってましたから、長丁場になるかも知れません。だからなるべく身体を休めておいた方がいいと思います。椅子に座って、遠慮なく菓子パンでも頂きましょう。僕はお昼ご飯がいい加減だったので、お腹が空いちゃいましたよ。菓子パンはあんパンでしたけど、マキさんは大丈夫ですよね？」

そう言って、菓子パンとペットボトルのお茶を1つずつマキに渡し、ウインクをして見せた。

マキはチュウヤの指示に従い、椅子に腰を下ろすと、深めに被った作業帽のつばを少し上げ、目の前に立つチュウヤを見上げた。

つばが上がって覗いたマキの顔は、化粧などはしていなくスッピンのようだったが、整った目鼻立ちなど全てが美しく、まるでミロのビーナスを思わせるほどだった。

「チュウヤさん、貴方だけよ。この状況を楽しんでいるのは……。見てご覧なさいよ、他のカップルはみんな血の気を失っているじゃない」

マキにそう言われたチュウヤは、後ろを振り返り3組に向かってこうアドバイスした。

「トイレも使えますし、軽食も用意されていますから、問題が出されるまで身体を休めた方がいいと思いますよ。時間は30分と区切られています。なるべく早めに行動するのが、得策でしょう」

チュウヤの声を聞いた3組のカップルは一斉に動き出した。

トイレに行く者や、椅子にどっと腰掛ける者、右側の扉を開けて菓子パンとペットボトルのお茶を持ってくる者――そのおかげで3組も少しだけ生き返ったようである。

小声になったマキがチュウヤに向かって、

「私は貴方が一緒だから何も心配していないけど、他のカップルは大丈夫かしら？問題を出される前に、何か打つ手はないの？」

チュウヤも小声になり、マキだけに聞こえるように、

「マリーさん……おっとここでは、マキさんでしたよね。先程のアナウンスを聞いた限りでは、それがわざとそのように言わなかったのか、それとも本当に忘れて言わなかったのか、僕はわざと言わずにおいたのだと思っていますけどね。ちゃんと逃げ道が、用意されているようですよ。だから、本当に切羽詰まるまではこのまま様子を見ていたいのです。

もう少し彼らの関係性がわかれば、僕は全ての謎が解明できると思います。それまでは、この躑躅屋敷にお付き合いしましょう。もちろんマキさんのことは、僕が全力でお守りしますから、安心してください」

マキは頷きながらも「困った人ね」と一言呟き、首を左右に振って苦笑いをしていた。

チュウヤは手に持つ菓子パンの袋を慎重に点検してから開封すると、マキに渡しておいた菓子パンと交換した。

ペットボトルのお茶も、鋭い眼差しで観察すると、キャップを回してキュッと音が鳴るのを確かめて、それもマキの持つペットボトルと交換した。

「僕が見た限りでは、菓子パンにもペットボトルにも開けた形跡は見られませんから、何も細工などされていないと思います。だからマキさんも安心して食べて大丈夫ですよ。僕は気にせずに頂きますけどね」

そう言うと自分は、マキと交換した菓子パンを直ぐに開いて、むしゃむしゃと食べ始めたのである。

ペットボトルのお茶もキャップを開き、ゴクゴクと飲み始めた。

チュウヤはマキに手渡す品物には、細かくチェックをしていたが、自分の分については気にせず食している。

慎重なのか大雑把なのかわからなかった。

マキもチュウヤから渡された菓子パンとお茶を、安心して食べ始めていた。

食べ終わると、マキはトイレに立った。

※百眼蝋燭とは、重さが百匁《ひゃくもんめ》（375g）もある、とても大きな蝋燭のこと。

〈3〉


マキが戻ると時計の針は、間もなく20時になるところだった。

するとやはりどこからか、あの怪しげな声が、聞こえてきたのである。

チュウヤはマキを見ると、黙ったまま左の人差し指である場所を指し示した。

それは右側の壁の前に置いてあるテーブルの下だった。

マキがチュウヤから教えられたテーブルの下を見てみると、そこにはスピーカーが2つ、正面を向くよう取り付けられているのがわかった。

テーブルの下にスピーカーが隠されていたうえ、音が煉瓦の壁に反響し合っていたために、音の出所《でどころ》がわからなかったようである。

だから四方から声が聞こえるような、錯覚を起こしていたのかも知れない。

マキは、チュウヤを見て2度ほど頷いた。

再び音量が調整されたようで、少しすると躑躅屋敷の主である蓮華の声がハッキリと聞こえてきた。

「それでは皆さま方、お待たせいたしました。我が躑躅屋敷からの、脱出ゲームの始まりでございます。どうぞ、どちらさまもお楽しみくださいませ。まずは小手調べでございます。

第1問です。この問題は簡単でございますから、制限時間は10分といたしましょう。答えがおわかりになりましたら、どうぞ順番に中央の扉を開けて黒電話を使い、私に教えてくださいませ。それでは参ります。

『第1問——幼稚園、小学生、中学生、高校生、大学生、大学院生——この中で一番大きいのは？……』

それでは、スタートでございます！」

チュウヤとマキ以外の3組は、何のことやらわからずに呆然としていた。

チュウヤは座っているマキの手を取り、直ぐに中央の扉を開けた。

そして扉を閉めるとテーブルの上の黒電話を取り、躑躅屋敷の主である蓮華に答えを告げた。

もちろん正解だった。

するとテーブルの奥にある小さな覗き窓から、1枚のカードが落ちてきた。

そして電話の向こうから蓮華が言った、

「カードを5枚揃えられれば、躑躅屋敷から脱出するためのヒントとなります。どうぞそれをお持ちくださいませ。但し、他のカップルには見せないように願います。見せた時点で、貴方方も失格となりますので……」

そのカードには、平仮名の『よ』の文字が一文字だけ書かれていた。

チュウヤがカードをマキに手渡すと、マキは作業服の胸ポケットに仕舞った。

マキの着ている作業服は男物なので全ての部分が大きいのだが、マキからすれば胸回りだけが少しきつそうだった。

マキが選んだ男物の作業服はMサイズだったが、マキのバストのサイズは90のGカップだったからである。

（やはりLサイズをチョイスするべきだった……）

マキはそのことを少しだけ後悔していた。

チュウヤとマキが部屋から出るため扉を開けると、そこには高校生カップルの間島邦彦と佐倉芙美子が笑顔で待っていた。

そしてチュウヤとマキが出ると、その後に小部屋へと入っていった。

どうやら正しい答えが、わかったようである。

マキが先程の椅子に腰掛けると、次は社会人カップルの棟方謙治と荒川凛々子が扉の前に行き、順番を待ち始めた。

大学生カップルの榊和眞と白石美雪は、まだ答えが導き出せないようである。

2人して小声で、何かを話し合っている。

時間は間もなく8分を過ぎようとしていた。

焦る2人を見て、チュウヤが思いも寄らない行動に出た。

チュウヤは榊和眞と視線を合わすと大きく口を開き、しかし声は立てずに口パクの要領で、

(よ・う・ち・え・ん……ほ・か・は・に・ん・げ・ん・だ・か・ら)

と教えたのである。

その様子を見てマキは驚いていたが、きっとチュウヤにはちゃんとした考えがあるのだろうと思い、この場は全面的にチュウヤを信じることにした。

榊和眞はその意味が漸《ようや》くわかったようで、中野を見て頷き会釈を返すと、白石

美雪の手を取り中央の扉へ飛び込んでいった。

そして榊和眞と白石美雪は小部屋から出てくると、２人は安堵の表情を浮かべていた。

すると間もなく、躑躅屋敷の主である蓮華の声が聞こえてきた。

「どうやら全員が正解のようです。お目出度うございます。第１問の答えは、皆さまが答えたように『幼稚園』が正解でございました。幼稚園以外は全て人間であり、たとえどんなに身長が高いお方でも、幼稚園の建物よりは低いに決まっておりますからね……。

それでは、第２問に移りたいと思います。第２問もさほど難しい問題ではございませんので、制限時間は15分といたしましょう。よく聞いて熟考されてから、お答えくださいませ。


『第2問――この場所では四季が秋→春→夏→冬と訪れて、何と1週間の最初の曜日は、金曜日でございました。果たして、この場所とはどこのことでございましょう……』

「それでは、スタートでございます！」

第2問においても、チュウヤは何の躊躇《ためら》いもせずに、蓮華が問題を読み終えると同時にマキの手を取り中央の扉を開いた。

そして小部屋から蓮華に電話をして答えを説明した。

もちろんそれは正解だった。

そして新たに『じ』と書かれたカードを1枚もらい受けた。

これでカードは、『よ』と『じ』の2枚になった。

チュウヤとマキが小部屋から出て行くと、今度は扉の右横で、社会人カップルの棟方謙治と荒川凛々子が待っていた。

棟方謙治の顔は自信ありげで、頼もしく見えた。

大学生カップルの榊和眞と白石美雪、高校生カップルの間島邦彦と佐倉芙美子は、少し悩んでいる感じだった。

時間は刻々と進み、既に10分を過ぎていた。

この時、またもやチュウヤが、大きなゼスチャーをして、2組に向けてヒントを出し始めたのである。

チュウヤは、4人が自分のことを見ているのを確かめると、左手で本を持ち、首を捻りながら何か悩む素振りをして、右手でその本を捲《めく》ってみせた。

そしてページを前後するような素振りを続けると、その左手に持つ本を右手で指差したのである。

そして先程と同じように、口パクで、

「え・い・ご・の・じ・しょ！」

と、唇を動かしたのである。

もちろんそれは全てゼスチャーであり、実際にチュウヤは、本など持っていなかったのではあるが……。

最初にチュウヤのゼスチャーの意味に気が付いた白石美雪は、榊和眞の手を取り中央の扉に飛び込んでいった。

少し遅れて、間島邦彦と佐倉芙美子の2人も意味に気が付くことができ、中央の扉の前に立った。

大学生カップル、続いて高校生カップルが笑顔で小部屋から出てくると、時間はちょうど15分になるところだった。

今度も何とか、全員が無事に答えられたようである。

少し経つと部屋の中に、蓮華の声が聞こえてきた。

「お目出度うございます。今度も全員が無事に正解できたようでございます。第2問の正解は『英語の辞書』でございました。英語の辞書は、A・B・Cのアルファベット順で項目が書かれておりますから、春、夏、秋、冬はそれぞれ、SPRING、SUMMER、AUTUMN、WINTERでございますよね。ですからAUTUMNの秋が最初にくるのです。同じように1週間も、金曜日のFRIDAYが最初にくる訳です。少し簡単すぎたようで、ございますね。

それでは、第3問に移りたいと思います。第3問は、今までよりはいくらか難しいと思われます。第3問の制限時間は、そうでございますね……少し余裕を見まして、30分といたしましょう。

問題を読み上げますから、よく聞いてくださいませ。もし一度聞いただけでは、問題が理解できませんでしたら、どうぞ中央の扉から私に連絡して頂いても結構でございます。何度でも問題については、申し上げます。但し、その場合でも、必ずカップルの2人で、小部屋に入るようにしてくださいませ。それが躑躅屋敷のルールでございます。宜しいでしょうか?……。

『第3問——ここに入れ物がございます。この入れ物には魔女により、不思議な魔法が掛けられております。1個と2個、そして10個の物は入れることができるのですが、3個と4個、そして5個の物は入れることはできないのでございます。それなのに8個の物を入れますと、何故かそれは4個と、半分になってしまうのです。果たして魔法を掛けられたその入れ物とは、いったい何でございましょうか？』

それでは、スタートでございます！」


蓮華は確かに今までよりは難しい問題だと言った。

それなのにチュウヤは、問題を聞き終えると当たり前のように立ち上がり、マキの手を引いて中央の扉を開いたのである。

そして黒電話を取り答えを告げた。

これまた当たり前のように正解だった。

チュウヤとマキの2人が3枚目に受け取ったカードには、『せ』の文字が書かれていた。

これで2人の手にした3枚のカードは、『よ』『じ』『せ』である。

中央の扉から出てくると、他の3組が驚きの表情でチュウヤを見つめていた。

チュウヤに手を引かれているマキさえも唖然として、チュウヤの横顔を見つめていた。

時計の針はカチカチと時を刻んでいく。

5分が過ぎ、10分が過ぎると、3組からは焦りの表情が見て取れた。

15分が過ぎたとき、三度《みたび》、チュウヤが動き出したのである。

3組の注意を自分に引き付けると、自分の口を指差した。

同じ仕草を2度行うと、次は大きく口を開けて、またもや口パクで、

「か・ん・じ！」

と言ってから、もう一度、自分の口を指差したのである。

それにより、3組全員が理解できたようだった。

3組は順番に中央の扉より中へ入り、3組全員が正解できたときには25分が過ぎていた。

制限時間は、まだ5分を残している。

すると部屋に蓮華の声が響いてきた。

「皆さま、お目出度うございます。第3問も、全員正解でございました。素晴ら

しいことです。でも皆さまの中には1組だけ、自分たちの力だけでは何も答えられていない組があるようでございますね。切羽詰まった状況の中で、そのように機転が利かないのならば、本当に好きな女性のことを守り通せるのでしょうか？疑問に思いますわ……」

蓮華が責める口調で、そう言ってきたのである。

それを聞いた榊和眞は、唇を強く噛んで落ち込んでいた。

3組の中では唯一、榊和眞と白石美雪のカップルだけが、自力で1問も解けずにいたからである。

これで蓮華が、部屋の中の様子をどこからか監視していて、全て知っていたことがわかった。

そのアナウンスを聞き落ち込む榊和眞を見て、チュウヤだけが眼をギラつかせながら大きく頷き、何かを自分だけで納得していた。

蓮華の説明は続いた。

「第3問の答えについての解説でございますが、正解は皆さま方がお答えになりました通り、漢字の『口』という文字でございます。

一を入れれば『日』になりますし、二を入れれば『目』になります。十を入れれば『田』になりますが、三と四と五は入れることができません。そして八を入れれば、そうです『四』になるからです。八の半分の、四になるのでございます。面白い問題でございますわね。確かに魔女が魔法を掛けた不思議な入れ物のようでございます。

さて、それではそろそろ、第4問に移りたいと思います。今度の問題は証明問題でございますから、問題の意味を理解できれば、誰にでも答えられるはずです。よく聞いて、お考えくださいませ。制限時間は先程と同様に30分といたしますが、証明を説明するのに、多少時間も必要でしょうから、中央の扉の前に並ばれたときが30分より前ならば良しといたします。もちろん私に説明する答えが、正解であることが前提でございますけれど。宜しいでしょうか？……。

『第4問――貴方は運送屋でございます。貴方は牛久市から隣の千葉県まで、歩いて荷物を運ばなければなりません。その荷物とは、シマウマが1頭、人参が20kg、ライオンが1頭でございます。貴方が一緒に居れば、シマウマが人参を食べることもないですし、ライオンがシマウマを襲うこともございません。

取手市まで荷物を運んで来ますと、大河の利根川にぶつかりました。しかし利根川には、橋などありませんでした。橋を渡る方法として考えられるのは、目の前にある一艘の小舟だけでございます。でもその小舟に貴方が乗ると、運んでいる荷物のどれか一つしか乗せることはできませんでした。全ての荷物を傷一つなく、向こう岸の千葉県まで届けるには、どのように小舟に乗せて運べば宜しいでしょうか？　そして最終的に貴方は、何度、小舟で利根川を渡ることになるのでございましょう。その方法と回数を、お答えくださいませ。方法でなくとも、理由だけでも結構でございますわ』

「それでは、スタートでございます！」

そしてまたもや問題が出題されると同時に、チュウヤがマキの手を引いて中央の扉の中へ消えていった。

しかしその行動を見ても、3組のカップルはもう動揺することも驚くこともなかった。

チュウヤだけは、別格だと気が付いたからである。

4問目の答えを正解したチュウヤとマキが手にしたカードには『う』の文字が

書かれていた。

これでカードは4枚になり、与えられた文字は『よ』『じ』『せ』『う』の4つとなった。

しかしこの意味については、チュウヤでさえも未だにわからずにいた。

中央の扉から出て来たチュウヤは、4度目となる今回は、今までよりも大胆に、直ぐに行動に出たのである。

出てくるなり3組に向けて、両手を大きく回して自分に注意を引きつけると、ゼスチャーで答えを教え始めた。

右手の人差し指を高く掲げて1回目を表すと、口パクで、

「シ・マ・ウ・マ」

と言った。

最初に茨城県側からシマウマを舟に乗せて、千葉県側へ運ぶのだと教えたのである。

次は人差し指と中指を立てて、2回目を表した。

そして、やはり口パクで
「ニ・ン・ジ・ン。カ・エ・リ・ニ、シ・マ・ウ・マ」

と言い、今度は人参を運び、戻るときに最初に運んだシマウマを乗せて帰るのだと教えたのである。

次に右手の人差し指、中指、薬指を立て、3回目を表示し、

「シ・マ・ウ・マ。オ・ロ・ス。ソ・シ・テ・ラ・イ・オ・ン」

と、ロパクした。

つまり茨城県側に着いたらシマウマを降ろし、ライオンを乗せる、という意味のようである。

ライオンを千葉県側に降ろすと、再び戻り、もう一度シマウマを乗せて、千葉県側に移す……。

同じ動作を何度か繰り返して、何とか3組にわからせてあげた。

つまり小舟で利根川を千葉県側に渡る回数は4回、茨城県側に戻る回数は3回、合計で7回になることも教えたのである。

3組は、それぞれチュウヤに対し感心していたし、感謝もしていた。

その後は3組が順番に中央の扉を開けて小部屋へと入り蓮華に答えを告げた。

その様子を見ながらマキが小声で聞いた。

「チュウヤさんは、何故この証明問題が直ぐにわかったのよ……何か解き方のコ

ツでもあるのなら、私にも教えてよ」

チュウヤはマキを見て微笑むと、

「マキさんは『三竦み《さんすくみ》』って聞いたことがありますか？」

マキは首を左右に振って、

「ないわ……三竦みなんて言葉、聞いたこともないわ」

「そうですか。三竦みとは、三者がそれぞれの弱みでもあり、天敵でもあるという相関図を表しているんです。一般的に三竦み事態には、蛇と蛙と蛞蝓《なめくじ》が使われています。つまりどういうことかというと、蛇は蛙を食べる、蛙は蛞蝓を食べる、でも蛞蝓は蛇を溶かす、といわれていて、三者がお互いを牽制し合っていることを表しているのです。

もっとわかりやすく言えば、身近なところでよく使うジャンケンがそれに当たります。グー・チョキ・パーが、三竦みになっていますよね。この第4問も一見すると、その三竦みのようにも見えますけど、よく考えれば、そうでないことがわかります。

確かにライオンはシマウマを食べる。シマウマは人参を食べる。でも人参はライオンを溶かしたりはしないですよね。そこに気付ければ、答えは簡単に導き出せるのです。つまりライオンと人参は、一緒に置いておいても何の事件も起きませんからね。僕は、それに気が付いたから、直ぐに答えがわかったのです。こんな説明でいいですかね」

「は〜い、良〜く、わかりました。それともう一つ、教えて欲しいんだけどね。何故、チュウヤさんは、3組に答えを教えてあげることにしたの。躑躅屋敷の主である蓮華さんに気付かれたら不味かったんじゃないかしら。私は、それが心配で、少しだけドキドキしていたのよ。でもチュウヤさん、貴方のやることだから、あえて何も言わずにいたの。それとも教えているところを見られても、大丈夫だという確信でもあったのかしら？」

その質問に対して、チュウヤは優しく微笑みながら、

「確信とまではいかないですけど、少しぐらいならば大丈夫だろうと、最初の時点からそう思っていました。最初に、蓮華さんが脱出ゲームのルールを説明したとき、物騒な脅し文句も言われてましたが、答えを教えてはいけないと一言も言わなかったですよね。だから説明を聞いたとき、僕は『あれっ?! おかしいな?』と思ったのです。

そして第3問が終わった時点で、蓮華さんの解説を聞いたとき、彼女はこの部

屋を監視していて、僕たちの行動を見ていることもわかりました。つまり僕が他の人に答えを教えていることを見ているのに、黙認していたのだとわかったのです。ですから第4問については、安心して教えることができた訳です。ですが、あくまでも脱出ゲームだと蓮華さんは言っているのですから、あからさまに答えを教える訳にもいかないので、一応、身振り手振りを交えて教えた次第です」

「ふ〜ん、そうなんだ。チュウヤさんは、人の言うことは何でも聞いているし、どんなに些細なことでも覚えているのね。でも、あくまでも脱出ゲームって言い方は、どう取れば良いの？　何だか、緊張感に欠けるような言い方よね」

　そこでもチュウヤは優しく微笑むと、

「そうですね。もうすぐ第5問が出題されるでしょう。それが終わった時点で、何もかも説明いたしますから、マキさんもそれまではお待ちください」

　そう言って、再びウインクをして見せた。

　マキは、取り敢えず納得して、第5問が始まるのを待つことにした。

　チュウヤのマキへの説明が終わると同時に、他の3組の第4問の答え合わせも終わったようである。

　しばらく待つと、蓮華の声が聞こえてきた。

「皆さま、お目出度うございます。第4問も、おまけの1組を除いては、全員正解でございました。どうした訳か、今日は物凄く頭の切れる男性が紛れ込んでいるようでございますわ。他の皆さま方からすれば、だいぶ助けられているようでございますね。特に1組においては、自力で何一つ答えられないとは、男性としてはお恥ずかしい限りでございます。パートナーの女性も、さぞかし歯痒い思いをされていることでしょう。

さて、第4問の答えは、今さら申さなくても、そちらの男性が教えてくれた通りでございます。答えは7回であり、ライオンは人参を食べないから、それが理由でございます。

それでは最終問題、第5問へと移りたいと思います。用意は宜しいでございましょうか。特に1問も自力で答えられない男性は最終問題ぐらいは自力で答えて、パートナーの女性にいいところを見せて上げてください。まあ、それができればの話でございますけど……。

そして頭の切れる男性の方にお願いでございますが、最終問題ぐらいはできるだけ自分自身で答えるように、そうさせてくださいませ。何故なら、第5問の制限時間については、設けないことといたしますので。それでは参ります。

『第5問――実を申しますと、私、蓮華は予言者でもあるのです。私は、これから新たに、今後この世で起きるであろう予言の書を、書き始めるつもりでございます。最初の1行は……今ここで、認《したた》めました。そしてこの1行は、どこの国の、何方《どなた》が読まれましても、必ず起こるであろう予言を書いたのでございます。

つまり100%の確率で、それは起きるのでございます。私は、この予言の書の最初に、果たして何と書いたのでございましょう？　これを問題といたします』

それでは、スタートでございます！」

最終問題においても、チュウヤのスタンスは変わらなかった。

蓮華のスタートの合図とともにマキの手を取ると、中央の扉の中へ入っていった。

もちろん答えは正解であり、最後に『む』と書かれたカードを受け取った。

これで揃った文字は『よ』『じ』『せ』『う』、そして『む』である。

チュウヤはそのカードを目にしたとき、「そういうことだったのか！」と一言発したが、隣にいるマキには、何のことを指してチュウヤがそう言ったのか少しもわからなかった。

〈4〉

小部屋から出ると、マキの前に佇《たたず》み、チュウヤは考えをまとめていた。両腕を組み目を閉じて、いかにも思案していると見て取れた。

他の3組は、お互いのパートナーと問題の答えを真剣に話し合っている。するとチュウヤがいきなり目を開くと、マキの手を取りもう一度中央の扉を開けて中に入っていった。

そして黒電話を取り、蓮華に向かって、

「蓮華さん、僕は5枚のカードの意味が理解できました。1つだけ確認させてください。この5枚のカードの意味は、間違いなく本当のことなのでしょうか？」

そう問い掛けたのである。

電話の向こう側の蓮華は、少し考えてから、

「はい、もちろん本当のことでございますわ。貴方たちのカップルは、全ての問題を正当に答えたわけですから、こちらとしても嘘をつくことなどいたしません。ですが、これは私からのお願いでございます。意味がわかっていらしても、もう少しだけ、この場に居てくださることをお願いいたします」

チュウヤも納得したようで、

「わかりました。もう少しだけ、状況を見守ることにいたしましょう」

そう答えたのである。

その後、再び小部屋から出ると、マキを椅子に座らせて、その前で他の3組の様子を見守っていた。

他の3組は、チラチラとチュウヤの方を見るのだが、今度ばかりはチュウヤもヒントは出さずにいた。

だから3組からすれば、不思議そうな顔をしていた。

時間が30分を過ぎたとき、突然、蓮華の声が響いてきた。

「他の3組の方は、どうやら正解が出ないようでございますね。それではこれで、

躑躅屋敷からの脱出ゲームは終わりといたしましょう。どうぞ、そちらの1組だけは、この躑躅屋敷からお帰りくださいませ」

それを聞いたチュウヤは、その部屋中に響く蓮華の声に向かって声を掛けてみた。

「蓮華さん、僕の声は拾えているのでしょうか！　この状況でも、蓮華さんと会話をすることはできますか？」

少しの間、沈黙が続いた。

「はい、できます。何をお話しになりたいのでございましょうか？」

チュウヤは、大きく頷くと天井に向かって、少しだけ大きな声になり、

「多分、蓮華さん貴女の計画の中では、僕は予定外の人物であり、招かれざる客だったに違いありません。そうですよね！」

蓮華は答えを考えていたようだが、少しすると、

「はい、その通りです。貴方様は、予定外のお客様でございました。そして予想外のお客様でもあったのです」

すんなりと、そう認めた。

「そうですか。素直に認めて頂き、ありがとうございます。僕もここで、自分の

らね。正体を明かしておきましょう。その方が、これからの説明がしやすいものですか

今までは、チュウヤと偽名を使っていましたが、僕の本当の名前は中野浩一と申します。取手市で私立探偵をしている者です」

そう正体を明かしたとき、高校生のカップルと会社員風の棟方謙治が同時に、「やっぱり、あの名探偵である中野浩一さんだったのですね。どうりで、どの問題に対しても直ぐに答えがわかるはずだ。中野さんが、特別に優れているだけで、僕たちは普通だったんだ。あ〜、良かった」

それを聞いて残りの3人も、今までのことの成り行きが理解できたようである。

特に大学生の榊和眞は、安堵の顔をしていた。

榊和眞は心の中で、

(名探偵の中野浩一だから直ぐに解けただけで、僕が1問も解けなくても、それはしょうがないよ！)

と、自分勝手な理由をこじつけて納得していた。

中野の説明が続く。

「僕は仕事柄、色々な問題に出くわします。そして、その謎を解くことを職業と

しているのです。ですから蓮華さんより出題された問題は、殆どが知っていました。もしくは似たような傾向の問題を、過去に解いたことがあるのです。だから僕は正解できて、当たり前でした。

そして探偵という職業は厄介な職業であり、時には知られたくないであろう他人の秘密まで解き明かしてしまうのです。僕は蓮華さんの正体を知っています。そして蓮華さんのターゲットが、榊君と白石さんのカップルだったこともわかりました。

そしてもう一つ、棟方謙治さんは蓮華さんから雇われた仲間であり、荒川凛々子さんは棟方さんから『古渡ふるさと村』の開店に誘われただけだと僕は考えています。つまり残りの間島邦彦君と佐倉芙美子さん、そしてこちらのマキさんと僕は、予定外に紛れ込んでしまった者たちということです。そうですよね、蓮華さん？　蓮華さんが認めてくだされば、僕は貴方の名前を言うつもりはありません。どうなさいますか？」

ここでもしばらくの間、無言が続いた。

そして蓮華が素直に負けを認めた。

「中野さん、その通りです。貴方を巻き込んだことが最大の失敗でした。どうかお願いですから、このままお帰りくださいませ。貴方とマキさんが出て行かれた後、残りの人たちも、棟方さんに連れて帰ってもらいます。もちろん無傷で、帰って頂きます。それは信用してください、お約束いたします。私のゲームに最後まで付き合って頂き、ありがとうございました」

中野は微笑んで、会釈をするとマキの手を取った。

その時である。

榊和眞が中野を呼び止めて、質問をした。

「中野さん、最後に1つ教えてください。第5問の答えは、何だったのでしょうか？　それだけでも教えてください」

中野は振り向いて榊和眞を見ると、

「ああ、第5問の答えはね。確か問題は、こんな感じだったよね。予言者の書き出す最初の1行は、何と書かれていたかだったよね。そしてそれは誰が見ても、100%の確率で当たるものである。その予言とは何か？

この予言書の最初には、このように書かれていたんだよ。

『貴方は、この予言書を見るでしょう』と。

これなら100%の確率で当たるだろうからね。

それともう1つ、教えておこうかな。僕たちは先に帰らせてもらうけど、君たちに危害が加えられることは絶対にないから、その点も心配しなくても大丈夫だから。それじゃあ、お先にね！」

中野は他の3組に微笑みかけるとマキの手を取り、ゆっくりと入り口の扉に向かった。

最初に説明しておいたが、両開きの大きな鉄の扉は重たくガッチリと閉められたままである。

ましてやその鉄の扉には、取っ手も鍵穴さえも付いていないのだ。

マキが中野の手を逆に引っ張って、歩みを止めると

「ちょっと中野さん、まだ鍵ももらっていないじゃない。どうやってあの鉄の扉を開けるつもりなのよ！」

少しだけムッとしてマキが言うと、中野はニヤリと意味ありげに笑い、マキの作業服の胸ポケットを指で差した。

「鍵なら、その胸ポケットの中に5枚入っているじゃないですか。だから大丈夫なんですよ、マ・キ・さ・ん！」

そう言うと、左手でマキの右手を掴んだままドアに近づき、自分の右手をドア

の中央に添えて力を込めた。するとギギギギギッと軋んだ音を立てて、扉がゆっくりと開いていったのである。

扉を出た所でマキが驚きながら聞いてきた。

「いったいどういうことなのよ？　中野さん、私にわかるように説明して頂戴！」

ここで、躑躅屋敷内では中野がマキと呼んでいた女性について少し説明しておこう。

彼女の通り名は、『小麦色のマリー』。マリーの正体とは、茨城県鹿嶋市宮中《きゅうちゅう》地区《ちく》の守護である武美上《たけみかみ》家の長女、武美上真理《まり》（23歳）である。

その容姿は誰よりも美しく、スタイルも抜群のスーパーレディだ。

身長172㎝、上から90・58・88の絶妙のプロポーションを誇っている。

マリーは鹿嶋市において、警察組織よりも信頼され、鹿嶋市民の誰からも敬《うやま》われている女性だった。

中野とは数々の事件で同行し、修羅場を潜り抜けた同志でもある。

「見ての通りなんですよ、マリーさん。もう躑躅屋敷の外に出たのだから、マキさんではなくて、いつものようにマリーさんと呼んでもいいですよね。あの入り口の扉には、最初から鍵など掛かっていなかったのです。僕たちは、棟方謙治さ

んが最初にわざと発した、

『どうやら我々は、何かの理由で監禁されてしまったようです。ここではスマホも繋がらないですし、助けを呼ぶこともできません。ですから我々は一致団結して、この状況を打破いたしましょう』

この言葉を聞いて、入り口の扉には鍵が掛けられているのだと勝手に思い込んでしまったのです。いわゆるミスリードという奴です。棟方さんは蓮華さんから頼まれて、僕たちを躑躅屋敷の洋館に閉じ込めておく役を担っていた訳です」

「そうなんだ……それでこのカードに書かれた意味は何なのよ？　中野さんはいつもそうなんだから。焦らさないで私にもわかるように教えて頂戴よ」

繋いだ手を前後に大きく揺り動かして、マリーが尋ねる。

「その5枚のカードを、もう一度見てください。平仮名で『よ・じ・せ・う・む』とありますよね。このままじゃ何のことだかわかりませんが、その順番を変えて読めば『む・せ・じ・よ・う』と読むことができます。その『よ』の文字を、小文字の『ょ』にして読めば……そうです、『む・せ・じ・ょ・う（無施錠）』と読めるのです。つまり入り口の扉には、はじめから鍵など掛かっていないことがわかったのです。僕たちは心理の中だけで、勝手に扉に鍵を掛けていた訳です。この説明ならいいでしょうか？」

「5枚のカードについては、よく理解できたわ。もう……ついでなんだから、蓮華さんの正体や、榊君と白石さんがターゲットだという理由もちゃんと説明してよ。本当に中野さんって、何でもわかるくせに、そういうところは気が利かないのよね」

「それはそれは、重ねて失礼いたしました。それではあらためて、説明いたしましょう。まず蓮華さんの正体とは、榊君の話の中に出て来た等々力恵理さんです。これ等々力恵理さんは、実をいうと密かに榊和眞君に思いを寄せていたのです。これでもうおわかりですよね。等々力恵理さんは、榊和眞君がフィアンセと呼んでいる白石美雪さんの前で、大恥を掻かせて、できれば別れさせたかったようです。

そのために自分の親が管理していた躑躅屋敷にあのような設備を設けて、棟方さんを雇い、今日のこの脱出ゲームを計画した訳です。もし最初から誰かに危害を与えようと企《くわだ》てていたのなら、バスの中で催眠ガスにより全員が眠らされてしまったときに、いくらでもそれはできた訳ですからね。

僕は誰かがこの状況をあえてつくり、何かドラマを考えているのだろうと思いました。危害を加えられないとわかったときから、僕の探偵魂に火がつき、これから始まるドラマの謎を解いてやろうと考えたのです。本当に起きた事件ではなくて、あくまでもドラマですからね。ですから様子を見ながら、脚本に従っていた訳です。

榊君と白石さんの話を聞いていると、等々力恵理さんは前以《まえもっ》て、躑躅屋敷のことを恐ろしい場所だと話していたこともわかりました。逆に等々力恵理さんは、今日が古渡ふるさと村の開店日であることを、榊君から聞いていたのでしょう。そして榊和眞君と白石美雪さんが、古渡ふるさと村へ訪れることも、聞いていたはずです。何しろ等々力恵理さんも、榊君や白石さんとは同じ大学で友人ですからね。

それらを踏まえて、この躑躅屋敷からの脱出ゲームを考えて実行した。2人だけではあからさまなので、棟方さんに頼んだのです。棟方さんだけは初めから落ち着いていて、恐怖の顔などは見せていませんでしたからね。だから最初から僕は、この人は向こう側の人間だと決めつけていました。けれどもこの計画には、等々力恵理さんからすれば予想外のことが起きてしまった。つまりマリーさんと僕が、乗り込んでしまった訳です。これが躑躅屋敷の脱出ゲームの絡繰りでした」

「ふ～ん、そういうことだったのね。さすがは名探偵と呼ばれている中野さんだわ！」

するとは今度は、中野が歩みをゆっくりにしてマリーを見つめると、

「それでは僕からも、マリーさんに1つ質問しますけど、マリーさんが古渡ふるさと村へ警備をするために来ていたことはわかります。ネットなどでも、あれだけ古渡ふるさと村のことを中傷する記事が出ていましたからね。ましてや鹿嶋市と共同運営なのですから、マリーさんが呼ばれたのもわかります。ですが何故、今日に限って、いつもの『小麦色のマリー』の出で立ちではなく、そんな作業服姿で現れたのでしょうか？……」

「イヤだ中野さん、そんなこともわからなかったの！　私がいつもの姿で来ていたら、目立ってしょうがないでしょう。そうしたら悪いことを企てている奴らも、現れないでしょうが。私はできるだけ合理的に物事を考えた結果、この作業服姿で行くことにしたのよ。

そうしたら中野さんも来ていたし、貴方のことを監視していたら、最後はバスに乗り込んでいったから、私も何かあるのかと思ってついていっただけよ。そうしたら躑躅屋敷に連れて行かれてしまったの。でも、この躑躅屋敷って、本当に戦時中から建っていた建物なのかしら？……よく見れば、確かに不気味よね」

マリーは後ろを振り向き、洋館を見上げながらそう言った。

躑躅屋敷は暗闇に薄っすらと浮かび上がり、その姿を朱色に染めている。

マリーの言う通り、いかにも不気味に見えていた。

中野はマリーを見て笑いながら、

「多分、違うと思いますよ。躑躅屋敷という名前は架空のものであり、実際にはないと思います。もちろん建物自体は古いですが、もし本当に戦時中に使用した毒薬の研究所であるのなら、もう少しその設備の跡が残っていると思われます。石の流し台が2つだけでは、あまりにも嘘っぽいですよね」

「それはそうよね！」

マリーも納得して、笑っていた。

しかしここであえて一言だけ添えておくことにしよう。

これまでは100％の確率で正解を導き出してきた中野浩一だったが、今、マリーに話した答えだけは間違いだったのである。何故なら躑躅屋敷は本当に茨城県に実在し、この建物こそが躑躅屋敷だったからである。


〈了〉

本書はフィクションであり、実在の人物・団体等とは
一切関係ありません。

著者プロフィール
仲鋸 宇一（なかのこ ういち）
茨城県在住。

【著書】
『蛇蝎者の黙示録』（2021／文芸社）

女王蜂・幻華

2021年12月15日　初版第１刷発行

著　者　仲鋸 宇一
発行者　瓜谷 綱延
発行所　株式会社文芸社
〒160-0022　東京都新宿区新宿1－10－1
電話　03-5369-3060（代表）
03-5369-2299（販売）

印刷所　株式会社暁印刷

ISBN978-4-286-23225-6